中國語言文字研究輯刊

六 編

許錟輝 主編

第3冊

春秋金文字形全表及構形研究
（第一冊）

楊秀恩 著

花木蘭文化出版社

國家圖書館出版品預行編目資料

春秋金文字形全表及構形研究（第一冊）／楊秀恩 著 — 初
版 — 新北市：花木蘭文化出版社，2014〔民 103〕
目 2+140 面；21×29.7 公分
（中國語言文字研究輯刊　六編：第 3 冊）
ISBN：978-986-322-658-1（精裝）
1. 金文　2. 春秋時代
802.08　　　　　　　　　　　　　　　　　103001862

ISBN-978-986-322-658-1

9 789863 226581

中國語言文字研究輯刊
六　編　　第 三 冊　　　　ISBN：978-986-322-658-1

春秋金文字形全表及構形研究（第一冊）

作　　者　楊秀恩
主　　編　許錟輝
總 編 輯　杜潔祥
副總編輯　楊嘉樂
編　　輯　許郁翎
出　　版　花木蘭文化出版社
社　　長　高小娟
聯絡地址　235 新北市中和區中安街七二號十三樓
　　　　　電話：02-2923-1455／傳眞：02-2923-1452
網　　址　http://www.huamulan.tw 信箱 hml810518@gmail.com
印　　刷　普羅文化出版廣告事業
初　　版　2014 年 3 月
定　　價　六編 16 冊（精裝）新台幣 36,000 元

春秋金文字形全表
及構形研究（第一冊）

楊秀恩　著

作者簡介

楊秀恩，女，1968 年 9 月生人，祖籍河北省定州市，現居河北省石家莊市。現爲河北經貿大學人文學院教師。1995 年畢業於河北師範大學，獲學士學位。2002 年畢業於河北師範大學文學院漢語言文字學專業，獲碩士學位。2010 年畢業於中國人民大學文學院漢語言文字學專業，獲博士學位。先後於《殷都學刊》、《寧夏大學學報》、《吉林師範大學學報》、《寶雞文理學院學報》、《漢字文化》等刊物發表專業論文數篇。

提　要

　　本書以春秋金文爲對象，從文字學角度對其進行斷代研究，描寫春秋金文文字系統的特徵。內容分兩大部分：《春秋金文字形全表》和春秋金文構形研究。

　　《春秋金文字形全表》收錄了《殷周金文集成》、《新收殷周青銅器銘文暨器影彙編》及《商周金文資料通鑑》（收器至 2009 年 12 月底）中收錄的所有春秋銅器銘文的全部字形。字表字形爲計算機剪貼拓片照片而得。字表字頭設爲兩級，一級字頭爲字種，按《說文解字》部次排列。一級字頭的異構以二級字頭的形式分別列於其下，將一字的諸異構形體皆作區分呈現。每一字形下標注所在器物的名稱及出處，分期與國屬明確的器物，則標注分期與國屬。每一字頭下所列字形，按分期先後排列，主要分春秋早、中、晚三期。目前分期不明者則標注爲春秋時期，排列於後。合文與未識字附於字表末。

　　第二部分，以《春秋金文字形全表》爲基礎，考察春秋金文的「反書」、「構件易置」、「異構」和「通假用字」現象。春秋金文中的反書有以下特點：在時間上，貫穿春秋早期到晚期，但數量呈遞減變化；地域上，目前秦國未見反書現象，其餘地域皆見；在功能上，春秋時期的反書仍然無分理別異的功能。春秋金文在構件定形和定位上與西周金文無明顯階段性差異。春秋金文異構字共 763 個，352 個產生於春秋時期。其產生方式有：增加形符、義符、聲符、區別符號；減省形符、義符；替換形符、義符、聲符；截除字形一部分；並劃性簡化等。其中增加構件者遠遠多於減省構件者。春秋金文通假用字有以下特點：數量不多；通假對象基本有定；在通假字的選擇上，「形體關係」較之「形體繁簡」顯得更重要。

目

次

凡　例

一、本書字表收錄了《殷周金文集成》（以下簡稱《集成》）、《新收殷周青銅器銘文暨器影彙編》（以下簡稱《新收》）及《商周金文資料通鑑》（2010）（以下簡稱《通鑑》）中春秋時期的所有金文字形。除了金文，《商周金文資料通鑑》中收錄的春秋時期的石鼓文等石刻文字也收錄在內。時間下限爲 2009 年 12 月底。

二、本書字表字形爲計算機剪貼拓片而得，摹本未收錄。某些《說文》字頭而目前無拓本的，暫選收摹本字形一個。

三、本書字表所錄每一字形下均標注字形所在器物名稱、器物於《集成》、《新收》及《通鑑》中的相應編號。《集成》收錄者，標注《集成》的編號；《新收》收錄者標注《新收》的編號；《集成》、《新收》未收錄而《通鑑》收錄的，方標注《通鑑》的編號。

四、本書字表所有字形按分期先後排列，順序爲春秋早期、春秋中期、春秋晚期、春秋時期，還有個別者爲春秋前期、春秋後期等。字形斷代分期基本依據《通鑑》，個別有修改。器物目前國屬明確者則於每一字形下標注國屬，不明確者則未標注。

五、本書字表的字頭分設兩級，目的是以二級字頭的形式呈現春秋時期大量的異構字。如果某一字有異構字，則於該字頭下的二級字頭一行中

區分列出。一級字頭依《說文》部次排列，已確釋而不見於《說文》者則列於該部之末。

六、《說文》古文、籀文、或體，無論是否構成異構，本書字表皆出字頭，列於二級字頭位置，並於列末引用《說文》加注說明。

第一章 緒 論

第一節 研究目的與意義

漢字發展的歷史脈絡，至今仍然沒有梳理得十分清晰。王寧先生指出：「漢字史的研究必須倚賴各個歷史層面的比較，歷時的比較又必須倚賴共時的描寫。」〔註1〕李國英先生也強調：「只有在對漢字斷代的系統描寫的基礎上進行系統的歷史比較，才有可能眞正認清漢字系統歷史演變的眞面目，揭示漢字系統發展的客觀規律。」〔註2〕從現存最早的漢字系統甲骨文開始，一個斷代一個斷代地進行描寫，總結其階段性特徵，是漢字史研究的基礎。

春秋金文是歷史上春秋時期列國諸侯及卿大夫鑄造於青銅器上的文字，其使用時期爲公元前770年至公元前476年，將近三百年〔註3〕。漢字從西周時期的整齊規整演變爲戰國時期的嚴重異形，春秋金文是中間環節，因此，細緻而全面地瞭解其情形，對更精準地描寫漢字發展史有重要意義。

〔註1〕 王寧，「漢字構形史叢書·總序」，《春秋金文構形系統研究》，上海教育出版社，2005年，第2頁。

〔註2〕 李國英，《小篆形聲字研究》，北京，北京師範大學出版社，1996年，第80頁。

〔註3〕 關於春秋時期的下限，有西元前481年、西元前476年和西元前453年等異說，在這裏，我們採用郭沫若的觀點，即以西元前476年爲春秋時期的下限。

　　本書以春秋金文爲研究對象，在前輩學者研究成果的基礎上，對春秋金文文字系統作進一步的考察，以期對春秋文字系統作出更細緻、更全面的描寫，爲漢字史的研究提供可靠資料。

　　本研究的目的之二，是製作一部字形齊全、分期明確的斷代文字編《春秋金文字形全表》。

　　研究、考釋古文字，字形齊全、編排科學的文字編不可或缺。目前，金文研究者使用的金文字形書主要有容庚先生的《金文編》和最近出版的董蓮池先生的《新金文編》〔註4〕。《金文編》所錄字形全部爲手工摹寫。摹寫的字形雖然清楚，但有摹寫者的主觀判斷成分，難免字形失眞。金國泰先生的《〈金文編〉讀校瑣記》中所列的誤摹字皆其例〔註5〕。這對以字形爲出發點的古文字研究是非常不利的。另一方面，《金文編》最新版即第四版出版於 1985 年，反映的是 20 世紀 80 年代金文研究的成果。董蓮池先生的《新金文編》出版於 2011 年，收錄的金文字形時間下限爲 2010 年，金文字形爲剪切拓片而得，消除了摹寫字形的弊端。在收字、釋字等方面，《新金文編》有大量的增補與修訂，反映了第四版《金文編》出版至今 30 多年間金文研究的成果，是一部與時代研究水準相應的巨著，對金文研究貢獻巨大。與此二巨著相比，《春秋金文字形全表》的推進之處有以下幾點：

　　第一，字形齊全。《金文編》和《新金文編》所收錄的字形是經過選擇的部分代表字形，《春秋金文字形全表》則對春秋時期的每個字的全部字形全部收錄。如，「皇」字《新金文編》春秋時期共收錄 19 個字形，而《春秋金文字形全表》收錄 74 個，其中早期 43 個，中期 9 個，晚期 19 個，分期不明者 3 個。春秋早期的 43 個字形中，39 個作 ，從「土」；4 個作 ，從「王」。到春秋晚期，從「王」的 10 個，占一半多。這些形體的變化趨勢，如果沒有全部字形的排列比較是無法觀察到的。「哴」字，《新金文編》收錄春秋時期 2 個字形，都是 ，構件分佈位置不同的異體 （簹叔之仲子平鐘丙《集成》174）未收錄。「通」字《新金文編》春秋時期字形只收錄一個 ，爲摹本，《春秋金文

〔註4〕　董蓮池，《新金文編》，北京，作家出版社，2011 年。

〔註5〕　金國泰，「《金文編》讀校瑣記」，《古文字研究》第 22 輯，中華書局，2000 年，第 101〜105 頁。

字形全表》收錄有春秋晚期 （侯古堆鎛甲《新收》276）和 （姑發者反之子通劍《新收》1111）。如果不收錄此二形，春秋時期的拓本字形、從「走」的異構則無法呈現，於使用者不利。還有一些字頭下，《新金文編》只收錄了西周或戰國時期字形，未收春秋時期的，《春秋金文字形全表》則有收錄。如，「埶」下《春秋金文字形全表》收錄有春秋晚期的 （鼄鎛庚《新收》495）、（鼄鎛戊《新收》485）、（吳王光鐘殘片之六《集成》224.47）、（文公之母弟鐘《新收》1479）、春秋中期的 （曾仲鄬君膡鎮墓獸方座《新收》521），《新金文編》只收錄了商代、西周、戰國的字形。此外，「趺」、「歷」等字也本有春秋金文字形，《新金文編》也未見收錄，對使用者不利。

第二，嚴格區分併體現異構字。金文中的異構現象是大量存在的。《金文編》將構形不同的異構字排列在一起，不作區別。《新金文編》以注語的形式對一些異構字做了分析、區分，對使用者助益頗多。《春秋金文字形全表》對每一個異構皆作區分併作隸定，以二級字頭的形式列於所屬正體字頭之下，更方便使用者。

第三，《金文編》在編排體例上依功能定字，同功能的假借字列於同一字頭下。《新金文編》有些字也作如此處理。《春秋金文字形全表》從文字學角度，依形義統一的原則定字，本字下假借字不列。如，「鍴」字下，《新金文編》收列 （義楚鍴《集成6462》），以注語「假耑字爲之」說明「耑」是該字頭「鍴」的假借字。《春秋金文字形全表》則直接放置「耑」字下。

第二節　文字材料的選擇

陳夢家先生在《中國文字學》中說：「今日研究文字學，主要的材料，大別爲二：一爲當時的材料，二爲傳寫的材料。譬如出土商代的甲骨文字，商周銅器文字，六國時陶器兵器貨幣璽印文字，秦代的石刻文字，漢代的石刻木簡文字。這些器物上的文字皆當時人所寫刻，我們根據它可研究彼時的文字，……研究文字學主要的材料以漢以前的當時的材料（即古器物銘文）爲主。」〔註6〕王貴元老師指出：「惟有出土的文物中可確定書寫時代的文本文字材料，才能爲

〔註6〕　陳夢家，《中國文字學》，北京，中華書局，2006年，第243～244頁。

漢字史研究提供可靠的研究對象。」〔註7〕在出土的春秋時期的各類文字資料中，金文是研究這一時期漢字體系特徵的最可靠的材料。

首先，較之其他門類的古文字，金文的延續時代最長，最能反映文字演進的歷史過程。正如林澐先生所說：「金文出現的年代至少不晚于殷墟甲骨文，延續時代最長，能反映很長時期內文字演進的歷史過程。」〔註8〕李學勤先生亦指出：「青銅器上出現銘文，據現有材料，是在商文化的二里崗期，即商代早中期……從商代到戰國有一千多年，文字形體有很大變化。其他古文字門類，如甲骨文主要是商代晚期，古璽、簡帛等只限于戰國以下，都沒有金文這樣長的時間跨度。」〔註9〕這一特點，使得春秋金文能夠與前此的殷商、西周金文和後此的戰國金文作歷時的比較，在比較中獲得其階段性特徵。第二，保存性和客觀性最強。由於書寫材料及書寫方法的特殊，金文是諸多出土古文字資料中保存字形原貌程度最高的。漢字的歷史雖然悠久，但由於書寫材料的限制，如甲骨、簡帛的易腐朽，陶器、玉器上用毛筆書寫的文字易漫漶等原因，其保存性差，也影響字形的原貌。金文鑄或刻於青銅器，其保存性強，具有較高的客觀性，能較高程度地反映當時文字的面貌。第三，從文字使用的正俗角度劃分，金文屬於當時的正體文字，代表著當時文字的主流。「我們可以把甲骨文看作當時的一種比較特殊的俗體字，而金文大體上可以看作當時的正體字。」〔註10〕第四，數量大。就目前出土的春秋文字資料而言，以銅器銘文爲大宗，分佈遍及禮器、樂器和兵器等。

基於上述原因，本書選取春秋金文爲研究材料，考察春秋時期漢字系統的階段性特徵。

〔註7〕 王貴元，《馬王堆帛書漢字構形系統研究》，南寧，廣西教育出版社，1999年，第3頁。

〔註8〕 林澐，「評《金文形義通解》」，《社會科學戰線》，1997年第1期，第272～274頁。

〔註9〕 李學勤，「金文常用字典·序」，《金文常用字典》，西安，陝西人民出版社，2004年，第4頁。

〔註10〕 裘錫圭，《文字學概要》，北京，商務印書館，1988年，第42～43頁。

第三節　材料來源及處理原則

一、材料來源

本研究的材料來源有三：一是《殷周金文集成》所收錄的春秋銅器銘文。《殷周金文集成》，中國社會科學院考古研究所編，1985 年至 1994 年陸續出版，共 18 冊，收錄至 1988 年底所見傳世及出土有銘器共 11984 件，是當今集銘文之大成的金文總集。該書對所收器物皆標注其時代和分期，但對列國器未標注國屬。

材料來源之二是《新收殷周青銅器銘文暨器影彙編》所收錄的春秋銅器銘文。《新收殷周青銅器銘文暨器影彙編》，臺灣鍾柏生等編輯，臺灣藝文印書館股份有限公司 2006 年出版。該書收錄《殷周金文集成》漏收及其出版之後至 2005 年底新發現的有銘銅器共 2005 件，書中所錄器物皆標注時代及分期，對國屬明確的列國器皆標注國屬。

本研究的材料來源之三是《商周金文資料通鑑》所收錄的《殷周金文集成》及《新收殷周青銅器銘文暨器影彙編》未收的春秋銅器銘文。陝西省考古研究院吳鎮烽領銜開發的《商周金文資料通鑑》（2010 年 1 月版），收錄有銘青銅器的下限至 2009 年 12 月底。

本書中所徵引的器物名稱依上述三書所定，並於器物名稱後注明器物於書中編號，以便檢索。

二、材料的處理原則

（一）關於摹本

摹本摻雜有臨摹者的主觀因素，故摹本不錄。目前尚無拓本的字，則選一摹本字形列出，以體現該字頭。但摹本字形不納入構形分析。

（二）關於「同銘」

何為「同銘」，目前並沒有明確的定義。從相關研究中對這一術語的使用看，是把記錄的語言相同，但分佈在不同器物上、或分佈在同一器物的不同部位上的銘文稱為「同銘」。對此類同銘中的字樣，本研究的處理原則是：悉皆錄入《春秋金文字形全表》，並納入構形分析。

（三）關於族徽類象形因素濃厚的文字

早期的銅器銘文中有一些字數少、象形性強的符號，這種特殊符號春秋時

期尚有餘緒。本研究對此類銘文的處理原則爲：悉皆錄入《春秋金文字形全表》。已經被確釋、形音義明確的列於正編相應的字頭下，同時也納入構形分析範圍；至今未識、形音義不明的形體列入字表中的未識字部分，不納入構形分析範圍。

（四）關於「鳥篆」

目前金文研究中使用的「鳥蟲書」、「鳥篆」是指見於春秋時期兵器、樂器上的帶有小曲線裝飾或帶有鳥形裝飾、以及接近鳥狀的字體。鳥蟲書涉及專門學科，前輩學者已有精詳的論述，故本研究的處理原則是：悉皆錄入《春秋金文字形全表》，但不納入構形分析。

（五）關於殘泐、不清者。

整篇銘文字跡不辨者，不納入研究材料範圍。個體字形殘泐但有局部可辨識者，照原樣錄入字表。這樣處理的考慮是，儘管不是清晰的全字，但仍可作爲局部比較的資料，可資利用。不作任何修補，是爲了保持原貌，給研究者提供最客觀的材料。

經過以上處理，共有 1555 件春秋有銘銅器納入研究範圍。

第四節　研究程序與方法

本研究的第一步是製作《春秋金文字形全表》。製作《春秋金文字形全表》的第一步是對以文本形式存在的春秋金文進行整理，使所有字樣形成三種性質不同的類聚：即字種的類聚、單字的類聚和字樣的類聚。字種是《春秋金文字形全表》的一級字頭單位，單字是《春秋金文字形全表》的二級字頭單位。這樣，所有客觀存在的春秋金文字形全部體現於《春秋金文字形全表》中。

研究的第二步是以《春秋金文字形全表》爲基礎，從字形和字用兩方面描寫春秋金文文字系統的特徵。

本研究使用的方法首先是統計。對春秋金文中的反書、構件易置、異構字、通假字等進行窮盡性搜索、整理、計算，求得具體的數據，在定性的基礎上進行定量分析，描寫春秋金文文字系統的面貌。

研究方法之二是比較，主要是縱向的歷時比較。第二章，將春秋金文的反書比例與西周金文的反書比例進行比較，由此確定春秋金文系統在定向方面所

處的位置以及與西周金文系統的關係。第三章，將春秋金文構件定位的字樣數量及比例與西周金文相比較，描寫春秋金文在構件定位方面所處的位置及與西周金文的關係。

第五節　研究現狀

金文研究在我國有悠久的歷史，但 20 世紀以前的金文研究，尚屬於傳統金石學範疇，研究對象多爲傳世品，沒有明確的斷代歸屬，因此尚未產生獨立的針對春秋金文的斷代研究。20 世紀以來，隨著現代田野考古學的建立，大量的有銘銅器面世，其中包括許多春秋重器。如，1964 年江蘇省六合縣程橋春秋墓中出土的《臧孫鐘》，共 9 件，其中 5 件銘 37 字，另四件 36 字。1977 年浙江省紹興市狗頭山出土的吳國器《配兒鈎鑃》兩件，其中一件存 56 字，另一件存 20 字，其用字及假借現象頗具特色。還有 1979 年河南淅川下寺出土的 60 件春秋有銘銅器，其中《王子午鼎》銘文 80 字。這些春秋器物的出土，爲春秋金文研究提供了資料基礎。同時，這些新出有銘器多爲科學發掘，銘文的斷代有可靠的依據。這些爲獨立的春秋金文研究提供了條件，春秋金文的研究在此時期取得了顯著成果。但在著錄、字書編纂等很多方面，春秋金文仍然是和其他階段合併在一起的，下面側重文字學方面的成果簡要進行介紹。

一、著　錄

20 世紀初至新中國成立，金文著錄專書的代表有羅振玉的《三代吉金文存》、于省吾《商周金文錄遺》、中國科學院考古研究所《美帝國主義掠奪我國殷周青銅器集錄》。

20 世紀 50 年代以後，新出土和徵集的金文資料，最初大都分散地刊佈於期刊雜誌和一些文博單位編輯的收藏和發現的青銅器圖集中。1985 年至 1994 年，中國科學院考古研究所編輯的《殷周金文集成》（以下簡稱《集成》）陸續出版，共 18 冊，收錄至 1988 年所見傳世及出土有銘器共 11984 件，是當今集銘文之大成的金文總集，對金文研究貢獻巨大。今天看來，該書的不足有兩點：一是未出釋文，二是對列國器未標注國屬。之後出版的增訂修補版，於銘文旁新增了釋文，是一個進步。劉雨、盧岩編輯的《近出殷周金文集錄》（以下簡稱《集錄》）收錄了《集成》出版後至 1999 年 5 月底出土著錄的殷周金文資

料，共 1354 器，對列國器也未註明國屬。關於銅器銘文匯集的專書，臺灣有嚴一萍的《金文總集》和邱德修的《商周金文集成》，但此二書遠不及《集成》資料全面、科學性強。鍾柏生等編輯、臺灣藝文印書館股份有限公司出版的《新收殷周青銅器銘文暨器影彙編》（以下簡稱《新收》）收錄《集成》漏收及出版之後至 2005 年底新發現的有銘銅器共 2005 件，對每器不僅標明其分期斷代，對列國器還皆註明國屬，較之《集成》和《集錄》更便於研究者使用。但通過對照，該書亦有漏收現象。華東師範大學中國文字研究與應用中心開發的《商周金文數字化處理系統》，包括金文資料庫、金文拓片、金文字庫等五部分，其中金文資料庫收錄截至 2003 年的有銘器 13321 件，並有配套的拓片，可利用計算機檢索釋文、時代、國屬、著錄目及考釋目，給金文研究以極大的便利，但該庫亦存在收錄不全的問題，還存在不能及時吸收金文研究成果的問題。陝西省考古研究院吳鎮烽領銜開發的《商周金文資料通鑑》收錄了截至 2009 年 12 月底所見的所有商周金文資料，包括前此的《集成》、《集錄》和《新收》收錄及未收的商周有銘銅器共 16069 件，其中包括《集成》、《集錄》和《新收》未收的春秋有銘器 237 件。所收器物標注有時代，有銘文釋文。《商周金文資料通鑑》收錄金文資料齊全，檢索系統設計合理，給金文研究者以極大的幫助。

二、工具書的編纂

金文字彙、字書和彙釋類工具書的編纂。我國第一部完整的金文字彙是容庚先生編著的《金文編》，出版於 1925 年。此後至 1985 年，出版了對《金文編》的第二次、第三次、第四次增訂版。第四版《金文編》是金文形體方面一部價值極高的字典，對金文研究起過巨大的作用。第四版《金文編》已不能滿足今天的金文研究的需要，主要表現在：1.它反映的是 20 世紀 80 年代所見的金文字形及研究成果，距今已將近三十年。在這三十年間新發現的金文字形和金文研究成果不能被反映出來。2.所收錄的字形全部爲摹寫。摹寫的字形再精審，也不及清晰的原拓準確。3.未區分異構字。構形構意不同的異構字混列在同一字頭下，如「隹」「唯」混列於「隹」字頭下。針對四版《金文編》，有若干補訂作品，如陳漢平的《〈金文編〉訂補》、董蓮池的《〈金文編〉校補》、嚴志斌《四版〈金文編〉校補》、林澐《新版〈金文編〉正文部分釋字商榷》、金國泰《〈金文編〉讀校瑣記》，但皆是側重考釋方面的補訂，而對以上所列不足並未

進行改進。2011 年，董蓮池先生的《新金文編》出版，收錄金文字形時間下限為 2010 年，字形來源爲《殷周金文集成》、《近出殷周金文集錄》、《新收殷周青銅器銘文暨器影彙編》、《商周青銅器銘文選》以及截至 2010 年的雜誌、集刊、報紙著錄及刊佈的金文字形。所錄字形全部爲剪切拓片而得，消除了摹寫字形的弊端。所錄字形皆標注斷代與分期，並按時代、分期先後排列。在收字、釋字等方面，有大量的增補與修訂，反映了第四版《金文編》出版至今近 30 年間金文研究的成果，是一部與時代研究水準相應的巨著。《新金文編》是金文字形書的巨大推進，但仍有瑕疵。主要表現爲收錄字形不齊全。春秋時期某些字形《新金文編》未能收錄，導致字形排列的缺環。如「禦」字，有春秋晚期字形（越邾盟辭鎛甲《集成》155），《新金文編》只收錄了西周早期、中期和晚期的字形，未收春秋時期的。

周法高主編，張日昇、徐芷儀、林潔明編纂的《金文詁林》，是一部集金文考釋之大成的資料書。全書共 16 冊，1975 年由香港中文大學出版。此書彙集各家考釋之說，其後作者或評說斷定各家之說，或提出己意作爲一家之說列入，於金文研究有極大意義。《金文詁林附錄》1977 年由香港中文大學出版，此書按照《金文詁林》的體例，對三版《金文編》附錄上下所列之字的有關考釋成果一一羅列，有利於讀者全面瞭解考釋現狀。1982 年周法高編撰的《金文詁林補》在臺灣出版，體例與《金文詁林》大體相似，增收三百餘字，多爲新材料和新考釋。張世超、孫淩安、金國泰、馬如森的《金文形義通解》是一部著重解釋金文單字的字形和字義的工具書，1996 年由日本中文出版社出版。每個字頭下，先選列若干摹寫字形，其後是字形分析，隨後列出該字在金文中的詞義和用法，全面反映了 1996 年以前的金文研究成果，極大地方便了使用者。金文字書還有陳初生的《金文常用字典》、戴家祥主編的《金文大字典》。

索引類工具書的編纂。隨著金文研究的深入，銅器銘文索引工具書應運而生。周何總編的《青銅器銘文檢索》1995 年在臺灣出版。該書的不足是收集資料不夠全面、所列字頭不夠、只有檢索而無相應的釋文。張亞初編輯的《殷周金文集成引得》2001 年出版，有檢索，有釋文，使用方便。該書在立字頭和形體歸納方面和四版《金文編》有許多不同，還有許多作者新釋字，但尚未形成定論，仍待進一步討論。

三、銘文選本類著作

20 世紀 30 年代，郭沫若先後編成《兩周金文辭大系》及增訂本。增訂本從古今中外的金文著錄中選取銘文中之精華 323 器，分爲上下兩編。上編收西周文 162 器，下編收東周文 161 器，包括春秋器。20 世紀 90 年代，馬承源主編，陳佩芬、潘建明、陳建敏等編撰出版了《商周青銅器銘文選》。該書收錄商周青銅器銘文中之精華 925 篇，是繼郭沫若《兩周金文辭大系》之後收錄銅器銘文最豐富的銘文選本。其下編收東周銘文共 392 件，涉及 47 國。其編排論述，先分國歸類，同一國屬按時代先後排列。對銘文的注釋，《商周青銅器銘文選》對郭氏《兩周金文辭大系》有繼承，有增訂，是繼郭氏《兩周金文辭大系》之後最好的東周金文選本。

四、構形研究

至目前，春秋金文的構形研究主要分兩方面：一是對構形方式等構形屬性的測查，二是對形體演變現象及規律的描寫與總結。

構形屬性研究方面，羅衛東先生的《春秋金文構形系統研究》是較全面而成熟的著作〔註 11〕。羅文以《殷周金文集成》、《近出殷周金文集錄》中收錄的春秋銘文以及其後至 2003 年底著錄於報刊的春秋銘文爲研究材料，以王寧先生的漢字構形學理論爲指導，對春秋金文中形音義確定的 1286 個單字的多項構形屬性進行量化測查，定量分析，定性研究，結論是：春秋金文繼承西周金文的成分較大。春秋金文是一個比較成熟的構形系統，是漢字史上一個重要過渡環節，又有其相對獨立性。

吳國升的《春秋文字研究》〔註 12〕，是又一部研究以金文爲主要材料的春秋文字構形系統的著作。作者以黃德寬先生的漢字構形方式動態理論爲指導，重點考察了包括金文在內的春秋文字構形方式系統，結論是：春秋文字沿續並增強了西周金文構形方式發生重大轉變後所形成的發展趨勢，是漢字體系逐步發展和完善進程中一個重要的階梯。春秋文字在西周金文的基礎上有相對平緩的發展。吳氏採用了區分沿用字和新增字的研究方法考察構形方式系統，較之以前的研究方法更科學。

〔註11〕 羅衛東，《春秋金文構形系統研究》，上海，上海教育出版社，2005 年。
〔註12〕 吳國升，《春秋文字研究》，安徽大學 2005 年博士論文。

郭立芳的《春秋金文構件系統定量研究》〔註 13〕，以王寧先生的漢字構形學理論爲指導，著重測查春秋金文字系所包含的基本構件的數量及各自的構字能力。

構形研究的另一項主要內容是對春秋金文形體演變現象的描寫歸納及規律總結。

對春秋金文形體演變描寫和總結較全面的是吳欣潔的《春秋金文形構演變研究》〔註 14〕。吳文通過字形的歷時比較，窮盡地描寫了金文由殷商至春秋、由春秋至戰國的形構變異現象，將變異現象歸納爲「簡化」、「繁化」、「異化」、「類化」幾種類型，並對各類變異現象進行了量化統計，據統計數據確定此時期的金文變異面貌和趨勢。吳國升《春秋文字研究》將春秋時期文字存在的構形變異歸納爲「省簡」、「增繁」、「替換」和「訛變」四類。

羅衛東《春秋金文異體字考察》〔註 15〕一文，對春秋金文異構字作了全面統計，並從字形角度作了分類舉例式說明，對異體字形成原因歸結爲時間和空間的影響兩方面，並考察了春秋異體字的傳承情況。

五、鳥蟲書研究

「鳥蟲書」是指見於春秋時期兵器、樂器上的帶有小曲線裝飾、或帶有鳥形裝飾、以及接近鳥狀的字體。對鳥蟲書系統探討的源始，是容庚先生 1934年發表於《燕京學報》第十六期的《鳥書考》。隨後，容先生又有《鳥書考補正》及《鳥書三考》，共彙釋鳥蟲書 33 件。1964 年，容先生總括諸篇，增補新例，作成新《鳥書考》，刊於《中山大學學報》第一期，對當時所見鳥蟲書 44 件作了全面研究。此後至今，新的鳥蟲書時有發現，對鳥蟲書的研究逐步深入，主要文章有：馬國權發表於《古文字研究》第十輯的《鳥蟲書論稿》、董楚平發表於《故宮學術季刊》十二卷一期的《金文鳥篆書新考》、叢文俊發表於《故宮學術季刊》十四卷二期的《鳥鳳龍蟲書合考》、嚴志斌 2001 年發表於《江漢考古》

〔註 13〕 郭立芳，《春秋金文構件系統定量研究》，華東師範大學 2006 年碩士論文。

〔註 14〕 吳欣潔，《春秋金文形構演變研究》，臺灣國立成功大學中國文學研究所 2001年碩士論文。

〔註 15〕 羅衛東，「春秋金文異體字考察」，《古文字研究》第 26 輯，中華書局，2006年，第 244～249 頁。

第二期的《鳥書構形簡論》等。論著主要有曹錦炎的《鳥蟲書通考》、許仙英的《先秦鳥蟲書研究》。

綜觀目前的鳥蟲書研究，其成果可分兩方面：1.對鳥蟲書構形規律的探索與總結。對鳥蟲書的構形，學者多從以下兩方面考察：一是所增動物形裝飾構件的特點，如數量、寫實或抽象等；二是裝飾性構件與文字筆畫之間的結構方式。並據此對鳥蟲書作了構形上的分類，如：叢文俊分爲繁式、簡式、變化式等〔註16〕。嚴志斌分爲繁型和簡型，每型又分併列式、化合式、結合式〔註17〕。曹錦炎分爲增一鳥形、增雙鳥形、寓鳥形於筆畫中等六類〔註18〕。此外，還有對構形特點與年代、地域的對應關係的總結。2.對所見鳥蟲書的集錄和考釋。曹錦炎的《鳥蟲書通考》堪稱鳥蟲書集錄及彙釋的集大成者。該書的第二部分，以國別爲經，以時代爲緯，對當時所見鳥蟲書 143 件作了全面介紹和研究，考證簡賅，創獲頗多。

有關鳥蟲書的字彙有張光裕、曹錦炎主編，香港翰墨軒出版有限公司 1994 年出版的《東周鳥篆文字編》。

至目前，楚、蔡、吳、宋、徐國的鳥蟲書大都已被釋讀並形成共識，尚未解決的主要是越國鳥蟲書，如「能原鎛」和「之利殘片」。王人聰的《能原鎛銘試釋》、董楚平的《能原鎛、之利殘片、之利鍾、句踐劍銘文匯釋——兼談邾越關係》、曹錦炎的《再論「能原鎛」》、李學勤的《論「能原鎛」》、王輝的《「能原鎛」臆解》等皆爲相關考釋文章，但二器的銘文至今未得到很好的解釋，其主要原因是目前可資對比參照的材料貧乏。

六、考　釋

20 世紀以來，隨著大量古文字資料的面世，考釋方法的日趨縝密，產生了大量的對傳世和新出土的春秋青銅器銘文的研究成果，一些疑難字被考釋出來，一些先前有爭議的字有了定論。如：，見於矩甗（《新收》970）、叔姜簠（《新收》1212）等器，隸定爲「𪔲」。此字從宋至清，眾說紛紜。20 世紀初，王國維釋「縝」，曾爲多數人信從。到了 20 世紀 70 年代，裘錫圭在發表於《文

〔註16〕　叢文俊，「鳥鳳龍蟲書合考」，《故宮學術季刊》，14 卷 2 期，第 99～126 頁。

〔註17〕　嚴志斌，「鳥書構形簡論」，《江漢考古》，2001 年第 2 期，第 35～37 頁。

〔註18〕　曹錦炎，《鳥蟲書通考》，上海，上海書畫出版社，1999 年。

物》1978 年第 3 期的《史牆盤銘解釋》一文中，將此字改釋爲「申」。此後，李學勤在發表於《中原文物》1984 年 4 期的《論仲爯父簋與申國》一文中，以 1981 年南陽市出土的南申伯太宰仲爯父簋爲物證，論定「申」當爲「申」。至此，釋「申」成爲定論。

，見於 1955 年安徽壽縣蔡侯墓出土的蔡侯紐鐘和蔡侯鎛銘文，最早由郭沫若釋爲「爲」之繁體異構〔註19〕，《金文編》、馬承源《商周青銅器銘文選》、華東師大金文資料庫、吳鎮烽的《通鑑》均從之。陳漢平《〈金文編〉訂補》、〔註20〕董蓮池《〈金文編〉校補》〔註21〕改釋「豫」。張亞初《殷周金文集成引得》從之。趙誠《二十世紀金文研究述要》云：「鐘銘此二字釋爲豫可從。惟此二字所从之土，尚未形成共識，仍待進一步研究。」〔註22〕

1994 年，臺北故宮博物院新收子犯編鐘第三鐘有 字，諸家所釋不一。李學勤隸作「禹」，讀作「渠」〔註23〕。裘錫圭隸作「瓜」，讀爲「狐」〔註24〕。陳雙新認爲「釋『禹』和『瓜』皆有可能而以前者爲優」〔註25〕。何者爲是，有待新資料的發現。

1988 年，江蘇程橋三號墓出土有銘春秋銅器。對盤銘，諸家分歧是「大叔」下二字的隸定和釋讀。曹錦炎《程橋新出銅器考釋及相關問題》隸定爲「䛬」「甬」，釋「䛬」爲《說文》中的「䇃」，爲「大叔」之名。「甬」讀爲「用」，和下字連讀〔註26〕。徐伯鴻《程橋三號春秋墓出土盤匜簠銘文釋證》隸定爲「耆

〔註19〕 郭沫若，「蔡侯鐘銘考釋」，《文史論集》，北京，人民出版社，1961 年，第 299 頁。

〔註20〕 陳漢平，《〈金文編〉訂補》，北京，中國社會科學出版社，1993 年，第 31 頁。

〔註21〕 董蓮池，《〈金文編〉校補》，長春，東北師範大學出版社，1995 年，第 93～95 頁。

〔註22〕 趙誠，《二十世紀金文研究述要》，太原，書海出版社，2003 年，第 457 頁。

〔註23〕 李學勤，「補論子犯編鐘」，《中國文物報》1995 年 5 月 28 日第 3 版。

〔註24〕 裘錫圭，「關於子犯編鐘的排次及其他問題」，《中國文物報》，1995 年 10 月 8 日第 3 版。

〔註25〕 陳雙新，「子犯編鐘銘文補議」，《考古與文物》，2003 年第 1 期，第 85～87 頁。

〔註26〕 曹錦炎，「程橋新出銅器考釋及相關問題」，《東南文化》，1991 年第 1 期，第 147～152 頁。

戈」，讀爲「壽越」，爲吳大叔名〔註27〕。何琳儀《程橋三號墓盤匜銘文新考》，據銘文反書之例隸定爲「疣」，釋爲「痀」之異文，第二字釋爲「禹」〔註28〕。對其中「匜」銘，分歧在「學」下一字，曹文釋「戕」，徐文釋「伐」，何文釋「卯」讀爲「猶」。

2001年3月，湖北鄖縣蕭家河出土春秋具銘青銅器，銘文有「」字，黃旭初、黃鳳春釋爲「咸」，訓「全」或「滿」〔註29〕。李學勤《論鄖縣蕭家河新發現青銅器的「正月」》認爲「」字應隸作「咸」，指一個月份〔註30〕。何琳儀、高玉平《唐子仲瀕兒匜銘文補釋》認爲「」爲「一日」合文〔註31〕。董珊《「弍日」解》認爲「」是「弍日」二字的合文，表示月名「一之日」，指夏正十一月〔註32〕。程鵬萬《釋東周金文中的「成日」》，認爲「」爲「成日」的合文〔註33〕。趙平安的《唐子仲瀕兒盤匜『咸』字考索》，通過字形對比併以東周記月文化的大背景爲主要根據，認爲該形體非合文而是一個字，表示月名〔註34〕。

對字形進行歷史比較是古文字考釋中普遍運用的基本方法，前輩學者運用此方法確釋了很多古文字。但就目前的考釋而言，對此方法的運用尚存在不縝密之處。林澐先生在《究竟是「覭伐」還是「撲伐」》一文中提出的「先

〔註27〕 徐伯鴻，「程橋三號春秋墓出土盤匜簠銘文釋證」，《東南文化》，1991年第1期，第153～159頁。

〔註28〕 何琳儀，「程橋三號墓盤匜銘文新考」，《東南文化》，2001年第3期，第78～81頁。

〔註29〕 黃旭初、黃鳳春，「湖北鄖縣新出唐國銅器銘文考釋」，《江漢考古》，2003年第1期，第9～14頁。

〔註30〕 李學勤，「論鄖縣肖家河新發現青銅器的『正月』」，《河南科技大學學報》，2003年第3期，第5～6頁。

〔註31〕 何琳儀、高玉平，「唐子仲瀕兒匜銘文補釋」，《考古》，2007年第1期，第64～68頁。

〔註32〕 董珊，「『弍日』解」，《文物》，2007年第3期，第58～61頁。

〔註33〕 程鵬萬，「釋東周金文中的『成日』」，《古籍整理研究學刊》，2006年第3期，第36～37頁。

〔註34〕 趙平安，「唐子仲瀕兒盤匜『咸』字考索」，《古文字研究》第27輯，中華書局，2008年，第270～273頁。

秦文字的構造是一個不斷變化的複雜過程，起源上不同的字，在演變過程中會有局部或全部形體雷同的現象，需要做歷史的、多方面的考察，才能得出正確的符合實際的結論」〔註35〕，趙誠先生在《甲骨文的弘和引》一文中提出的「各個時代的漢字均有各自的構形系統，不宜將不同時代的構形分別一一對等、比附，而應從系統性的角度，將有關的構形加以歷時的、共時的、綜合的考察，得出符合實際的結論」〔註36〕，指出了目前的古文字考釋中應注意的問題，值得思考。

七、集釋類成果

這一時期，還產生了針對某一地域銅器銘文的集釋類作品。如，董楚平的《吳越徐舒金文集釋》〔註37〕。該書對 1992 年以前有關吳越金文的研究情況做了全面的介紹。施謝捷的《吳越文字彙編》對截至 1998 年的吳越金文的考釋觀點有較全面的展示〔註38〕。李零《楚國銅器銘文編年彙釋》，對包括春秋時期的楚國銅器銘文按年代先後作了系統的整理〔註39〕。劉彬徽的《楚系青銅器研究》第六章——楚系青銅器銘文編年考述，對包括春秋時期的楚系具銘銅器作了編年整理，是系統準確的編年資料。此外，王輝的《秦銅器銘文編年集釋》也是此類著作〔註40〕。

綜觀 20 世紀以來的春秋金文研究，在材料整理、單字考釋、銘文釋讀以及構形研究等許多方面都取得了巨大成就。但仍然存在研究空間：其一，字形齊全的春秋金文斷代字形編目前尚未產生。字形是研究古文字的主要出發點，而研究字形的根本方法是字形的歷史比較。先秦古文字的構形是不斷變化的複雜過程，不同階段的變化形式不盡相同，因此字形的歷史比較須在時代相同或相

〔註35〕　林澐，「究竟是『翦伐』還是『撲伐』」，《古文字研究》第 25 輯，中華書局，2004 年，第 117 頁。

〔註36〕　趙誠，「甲骨文的弘和引」，《古文字研究》第 23 輯，中華書局，2002 年，第 2 頁。

〔註37〕　董楚平，《吳越徐舒金文集釋》，浙江古籍出版社，1992 年。

〔註38〕　施謝捷，《吳越文字彙編》，南京，江蘇教育出版社，1998 年。

〔註39〕　李零，「楚國銅器銘文編年彙釋」，《古文字研究》第 13 輯，中華書局，1986 年，第 353～397 頁。

〔註40〕　王輝，《秦銅器銘文編年集釋》，西安，三秦出版社，1990 年。

近的字形之間進行，但目前彙集金文字形的權威著作《金文編》跨越整個先秦時期，而且於所收字形不體現所出時代，不方便使用者。董蓮池先生的《新金文編》有些字頭漏收春秋時期字形，這使其在金文考釋、研究上的參考功能稍顯遜色。編纂時間跨度小、收集字形齊全、分期明確、標注國屬的春秋金文字形全編，應是目前春秋金文研究所需要做的。其二，對春秋金文跨地域的總體研究，雖然有羅衛東等諸位學者的努力和顯著成果，但對春秋金文這一文字系統的階段性特徵的描寫仍未充分，尚有進一步全面化和細緻化的空間，如單字構件的定形、定向、定位方面。

第二章 春秋金文反書研究

第一節 引 言

　　唐蘭先生在《古文字學導論》中曾指出，先秦文字有「反寫」、「倒寫」、「左右易置」、「上下易置」等變例〔註1〕。裘錫圭先生在《文字學概要》中說：「商代文字字形的方向相當不固定。一般的字寫作向左或向右都可以，……字形方向不固定的現象，也是跟象形程度比較高的特點密切聯繫在一起的。這種現象在周代文字裏仍可看到，不過已經比較少見，到秦漢時代就基本絕跡了。」〔註2〕

　　20世紀20年代，胡小石先生曾對甲骨文反書做過考察，他於《甲骨文例》中設「反文」一例，共列出甲骨文反書189例。他說：「周以下文字始嚴反正之例，如《左傳》言『反正爲乏』，《說文》言『反从爲比』『反身爲𠂤』之類是也。卜辭文字到順有別（如𠂤到爲𠂤，𨺀爲陟而𨺀爲降），而反正無殊。」〔註3〕

―――――――――――――――――

〔註1〕 唐蘭，《古文字學導論》（增訂本），濟南，齊魯書社，1981年，第167頁。

〔註2〕 裘錫圭，《文字學概要》，北京，商務印書館，1988年，第45頁。

〔註3〕 胡小石，「甲骨文例」，《胡小石論文集三編》，上海，上海古籍出版社，1995年，第48頁。

據陶曲勇的《西周金文字形全表》〔註4〕及本人製作的《春秋金文字形全表》，西周到春秋時期的金文中，反書並非偶然的、個別的現象，應該仍是當時文字系統的特點之一。但至目前，尚未見到對其窮盡性的統計和考察結果。本章擬全面考察春秋金文中的反書現象，從「反書」這一側面描寫春秋金文文字系統的特徵。

第二節　春秋金文反書現象概述

根據材料的處理原則，共有 1555 件春秋有銘銅器納入研究範圍。其中早期器 613 件（春秋前期 1 器歸入早期計算），中期器 128 件，晚期器 697 件（春秋後期 2 件、中後期 1 件、中晚期 1 件歸入晚期計），目前分期不明者 117 件。通過全面清理，有反書現象的共 412 件，占考察器物總數的 26.50%。從反書分佈的時間範圍看，貫穿春秋早期至晚期。其中早期有反書現象的 227 件，占早期器總數的 37.03%；中期有反書現象的 32 件，占中期器總數的 25.00%；晚期有反書現象的 126 件，占晚期器物總數的 18.08%；分期不明者有反書現象的 27件，占分期不明器物總數的 23.08%。

從反書分佈的器物類型看，涉及食器、酒器、水器、樂器、兵器、用器等各種器物。春秋食器共 632 件，有反書的 200 件，占 31.65%；酒器共 114 件，有反書的 35 件，占 30.70%；水器共 150 件，有反書的 57 件，占 38.00%；樂器共 311 件，有反書的 67 件，占 21.54%；兵器共 315 件，有反書的 44 件，占13.97%；用器共 33 件，有反書的 9 件，占 27.27%。其中早期食器共 358 件，有反書的 142 件，占 39.67%；中期食器共 41 件，有反書的 13 件，占 31.71%；晚期食器共 196 件，有反書的 35 件，占 17.86%。早期酒器共 52 件，有反書的 26 件，占 50.00%；中期酒器共 7 件，有反書的 4 件，占 57.14%；晚期酒器共 50 件，有反書的 5 件，占 10.00%。早期水器共 79 件，有反書的 35 件，占44.30%；中期水器共 4 件，有反書的 2 件，占 50.00%；晚期水器共 49 件，有反書的 11 件，占 22.45%。早期樂器共 53 件，有反書的 10 件，占 18.87%；中期樂器共 55 件，有反書的 8 件，占 14.55%；晚期樂器共 201 件，有反書的 49

〔註4〕 陶曲勇，《西周金文構形研究》，中國人民大學 2009 年博士學位論文。

件，占 24.38%。早期兵器共 62 件，有反書的 12 件，占 19.35%；中期兵器共 16 件，有反書的 4 件，占 25.00%；晚期兵器共 191 件，有反書的 24 件，占 12.57%。早期用器共 9 件，有反書的 2 件，占 22.22%；中期用器共 5 件，有反書的 1 件，占 20.00%；晚期用器共 10 件，有反書的 2 件，占 20.00%。從反書現象分佈的地域範圍看，涉及魯、燕、番、曾、江、邾、鄭、蘇、杞、黃、徐、郜、邢、滕、陳、楚、鄧、吳、齊、莒、越、蔡、紀、鑄、邛、薛、息、晉、虢、許、申、唐、衛、應等諸侯國，秦國目前未見反書現象。

　　就整篇銘文來說，412 件器物的反書現象具體情形各不相同：有的銘文以正書為主，只有個別字反書。如，黃韋俞父盤（《集成》10146）：「隹（唯）元月初吉庚申，黃韋餘（俞）父自乍（作）飤器，子子孫孫其永用之。」只有「初」作 ，反書，其餘字皆正書。有的銘文以反書為主，只有一、二字正書。如，楚嬴盤（《集成》10148）：「隹（唯）王正月初吉庚午，楚嬴鑄其寶盤，其萬年子子孫孫永用享。」只有「初」字正書，其餘字皆反書。臧孫鐘同出九件（《集成》93-101），每件銘文 37 字，只有人名「攻敔」二字和「之」字正書，其餘皆反書。有些器物器、蓋皆有銘文，內容相同，但器、蓋字形正反情況不同。如，楚叔之孫倗鼎（《新收》410）器、蓋同銘：「楚叔之孫倗之飤鼎。」「飤」蓋銘作 ，構件「人」反書，器銘作 ，正書，其餘字器、蓋相同，皆為正書。有的出土時、地相同的成套諸器中，多數器通篇正書，只有其中二、三器出現反書，且反書字數極少。如，王孫誥鐘二十六枚（《新收》418-443），只有王孫誥鐘六、十、二十（《新收》423、427、433）有反書現象，且只有「永」、「月」、「鬽」反書。有的同一銘文中同一字，有的正書，有的反書。如，盅之噂鼎（《集成》2356）：「盅之噂鼎。其永用之。」前一「之」作 ，反書，後一「之」作 ，正書。還有的銘文通篇反書，如其次句鑃（《集成》421）。

　　就單字來說，其反書現象也不盡相同。有的只有一種反書情形，有的則存在多種。如：初，兩周金文多作 （邾公華鐘《集成》245），以鄧鼎器（《新收》406）作 ，整字反書；樂子嚷豧簠（《集成》4618）作 ，構件「衣」反書；臧孫鐘（《集成》95）作 ，構件「刀」左右易置並反書；嘉子伯易簠器（《集成》4605）作 ，構件「衣」反書，「刀」易置於左部；嘉子伯易簠蓋（《集成》4605）作 ，構件「刀」易置並反書。

　　春秋金文中的反書，分兩種不同的性質：一種是文字書寫不定向現象，屬於文字現象。另一種屬於銘文製作過程中的技術因素，與文字本身的發展階段無關，不屬於文字現象。陳初生先生在《殷周青銅器銘文製作方法平議》中說：「有些銘文，通篇反書，這是在製作內範時沒有將文字反置……有些銘文，大部分是正書，少數個別字卻反書，……通常的解釋是『正反無別』，有的銘文，多數是正書，然而偶爾卻出現某字倒書，……如此眾多的疑點，傳統的解釋，難以令人首肯。這些現象，於文字本身的發展變化似無關係，應多屬於銘文製作過程中的技術因素。」〔註5〕吳振武先生在《談珍秦齋藏越國長銘青銅戈》中說：「（青銅戈）正面銘文文字皆正書，背面銘文文字皆反書，不難推想，反書者當是製範時弄誤。」〔註6〕的確，與刻寫的甲骨文系統中的反書現象不同，金文中的反書有的是銘文製作過程導致，與文字的發展階段無關。我們認爲通篇反書者應屬此類，而其餘幾種情形皆爲書寫現象。作爲文字學的研究，我們將通篇反書導致的反書及構件左右易置例剔除。

　　據統計，春秋銘文中的通篇反書共84件。剔除通篇反書者，春秋金文有屬於文字現象的反書銘文328件，占春秋有銘器總數的21.09%。其中早期172件，占早期有銘器物總數的28.06%；中期27件，占中期有銘器總數的21.09%；晚期109件，占晚期有銘器總數的15.64%。反書比例從早期到晚期呈遞減趨勢。從分佈器物類型分，剔除了通篇反書後，食器有反書的銘文共171件，占食器總數的27.06%；酒器有反書的22件，占酒器總數的19.30%；水器有反書的共38件，占水器總數的25.33%；樂器有反書的共60件，占樂器總數的19.29%；兵器有反書的30件，占兵器總數的9.52%。反書分佈比例由高到低的器類爲食器、水器、酒器、樂器、兵器。最高的爲食器，最低的爲兵器。

第三節　春秋金文單字反書的類型及功能

　　春秋金文單字反書共159個。從外在形體上，分以下四種情形：獨體字反

〔註5〕　陳初生，「殷周青銅器銘文製作方法平議」，《容庚先生百年誕辰紀念文集》，廣州，廣東人民出版社，1998年，第395頁。

〔註6〕　吳振武，「談珍秦齋藏越國長銘青銅戈」，《古文字研究》第27輯，中華書局，2008年，第311頁。

書、合體字整字反書、合體字部分構件反書、合體字某一構件易置並反書。

一、獨體字反書

1. 元

虢太子元徒戈（《集成》11116）：「虢大子元徒戈。」「元」作 ；□□伯戈（《集成》11201）：「□□白（伯）之元執戟。」「元」作 ，反書，功能與正書無別。

2. 正

郘公華鐘（《集成》245）：「隹（唯）王正月……。」「正」作 ；唐子仲瀕兒匜（《新收》1209）：「隹（唯）正月……。」「正」作 ，反書，用法與正書無別。

3. 臣

長子沫臣簠（《集成》4625）：「長子沫臣擇其吉金。」「臣」作 ；伯亞臣鑐（《集成》9974）：「黃孫馬□子白（伯）亞臣自乍（作）鑐。」「臣」作 ，反書，功能無別。

4. 隹

上郘府簠（《集成》4613）器蓋同銘：「隹（唯）正六月初吉丁亥。」「隹」字蓋作 ，器作 ，反書，功能與正書無別。

5. 于

于，鄭太子之孫與兵壺蓋（《新收》1980）作 ，鄭莊公之孫盧鼎（《通鑑》2326）作 ，反書，功能與正書無別。

6. 平

平，鄦叔之仲子平鐘壬（《集成》180）作 。相同語例，鄦叔之仲子平鐘丙（《集成》174）作 ，反書，與正書功能無別。

7. 之

陳大喪史仲高鐘（《集成》353）：「永寶用之。」「之」作 。同出陳大喪史仲高鐘（《集成》355）：「永寶用之。」「之」作 ，反書，功能與正書無別。

8. 月

王孫誥鐘六（《新收》423）「月」作 ；王孫誥鐘十（《新收》427）「月」

作 ，反書，功能無別。

9. 人

衛夫人鬲（《新收》1700）：「衛文君夫人弔姜作其行鬲。」「人」作 ；黃子鼎（《集成》2566）：「黃子乍（作）黃甫人行器。」「人」作 ，反書，功能無別。

10. 方

曾伯霥簠（《集成》4631）：「具既卑方。」「方」作 。相同語例，曾伯霥簠蓋（《集成》4632）「方」作 ，反書，用法與正書相同。

11. 勿

鬸鎛（《集成》271）作 ，吳王光鐘殘片之四十（《集成》224.8）作 ，反書。

12. 馬

司馬𨟻戈（《集成》11131）「馬」作 ；伯亞臣鑪（《集成》9974）「馬」作 ，反書，為人名用字。春秋金文「司馬」之「馬」皆作正書，此處人名用反書。

13. 永

虢季氏子組鬲（《集成》662）：「子子孫孫永寶用享。」「永」作 ；鄭饔原父鼎（《集成》2493）作 ，反書，功能與正書無別。

14. 女

女，蔡大師腆鼎（《集成》2738）作 ；尋仲匜（《集成》10266）作 ，反書，功能與正書無別。

15. 毋

陳伯元匜（《集成》10267）「毋」作 ，楚大師登鐘丁（《通鑑》15508）作 ，反書，用法與正書無別。

16. 氏

氏，毛叔盤（《集成》10145）作 ，鑄叔簠器（《集成》4560）作 ，反書，功能與正書無別。

17. 乓

吳王夫差鑑（《集成》10296）：「攻吳王夫差擇乓吉金。」「乓」作 ![字形]。相同語例，吳王夫差鑑（《集成》10294）「乓」作 ![字形]，反書，功能與正書無別。

18. 戈

戈，淳于公戈（《新收》1109）作 ![字形]；周王孫戈（《集成》11309）作 ![字形]，反書，功能與正書無別。

19. 乍

乍，魯伯厚父盤（《通鑑》14505）作 ![字形]，齊侯子行匜（《集成》10233）作 ![字形]，用法與正書同。

20. 它

它，曩伯窵父匜（《集成》10211）作 ![字形]；魯司徒仲齊匜（《集成》10275）作 ![字形]，反書，功能與正書同。

21. 九

九，叔原父甗（《集成》947）作 ![字形]，聖麞公獎鼓座（《集成》429）作 ![字形]。

22. 萬

萬，魯伯俞父簠（《集成》4566）作 ![字形]，虢季鼎（《新收》15）作 ![字形]。

23. 己

己，鄭莊公之孫盧鼎（《通鑑》2326）作 ![字形]；唐子仲瀕兒匜（《新收》1209）作 ![字形]。

24. 子

子，鑄叔皮父簠（《集成》4127）作 ![字形]；姅仲簠（《集成》4534）作 ![字形]，功能相同。

25. 以

以，秦公鐘（《集成》263）作 ![字形]；以鄧鼎（《新收》406）作 ![字形]，反書，用作人名。

26. 亥

亥，彭子仲盆（《集成》10340）作 ![字形]；蔡侯簠甲器（《新收》1896）作 ![字形]，反書，用法與正書無別。

二、合體字整字反書

所謂「合體字整字反書」是指包括兩個及以上構件的合體字整體平面旋轉180°。如，釐，者瀘鐘三（《集成》195）作 ，者瀘鐘四（《集成》196）作 ，屬於整字反書。整字反書不同於構件易置，構件易置是構件位置互換，不改變書寫方向。如「初」，郳公華鐘（《集成》245）作 ，此形最常見，以鄧鼎器（《新收》406）作 ，從構件「衣」、「刀」的書寫方向可知，此形屬於整字反書；嘉子伯易簠蓋（《集成》4605）作 ，從兩構件的書寫方向可知，此形屬於構件「刀」左右易置並反書；嘉子伯易簠器（《集成》4605）作 ，屬於構件「衣」反書，「刀」左右易置。春秋金文中的合體字整字反書有：

27. 父

曾仲斿父簠（《集成》4673）：「曾中（仲）斿父自乍（作）寶甫（簠）。」「父」作 ；陳公孫指父瓶（《集成》9979）：「陳公孫指父乍（作）旅瓶。」「父」作 ，反書，功能與正書相同。

28. 刃

杞伯每刃簋蓋（《集成》3898）：「杞白（伯）每刃乍（作）邾媵寶鼎（鼎）。」「刃」作 。相同語例，杞伯每刃鼎（《集成》2495）作 。

29. 弔

衛夫人鬲（《新收》1700）：「衛文君夫人弔姜作其行鬲。」「弔」作 ；衛夫人鬲（《新收》1701）：「衛夫人文君弔姜作其行鬲。」「弔」作 ，反書，功能與正書無別。

30. 邁

邁，蔡侯盤（《新收》471）作 ；戒偖生鼎（《集成》2633）作 ，整字反書。

31. 薑

薑，齊侯盂（《集成》10318）作 ；齊侯敦（《集成》4645）作 ，整字反書。

32. 爲

爲，趙孟疥壺（《集成》9678）作 ；鄬子賈塦鼎蓋（《集成》2498）作 ，從兩构件的書寫方向可知，後者爲整字反書。

33. 友

友，王孫遺者鐘（《集成》261）：「及我朋友。」「友」作 ；嘉賓鐘（《集成》51）：「父兄大夫朋友。」「友」作 。

34. 臧

臧，王孫誥鐘十二（《新收》429）作 ，臧孫鐘辛（《集成》100）作 ，整字反書。

35. 𢧕

「殺」的異構「𢧕」，簠叔之仲子平鐘辛（《集成》179）作 ，簠叔之仲子平鐘丙（《集成》174）作 。

36. 瀨

瀨，唐子仲瀨兒盤（《新收》1211）作 ，同出唐子仲瀨兒匜（《新收》1209）作 ，整字反書，在銘文中用法不變。

37. 釐

釐，者瀘鐘三（《集成》195）作 ；者瀘鐘四（《集成》196）作 ，整字反書，用法與正書無別。

38. 追

戎生鐘戊（《新收》1617）：「用追孝於……」「追」作 ；郘公平侯鼎（《集成》2771）：「用追孝於……。」「追」作 ，整字反書，用法與正書無別。

39. 復

復，子犯鐘乙A（《新收》1020）作 ；黃子壺（《集成》9664）作 ，整字反書。

40. 逅

吳王光戈（《集成》11255）：「吳王光逅自乍（作）用戈。」「逅」作 ；攻敔王光劍（《集成》11666）：「攻敔王光自乍（作）用鐱，逅余允至，克戕多攻。」「逅」作 ，反書。李家浩先生《攻敔王光劍銘文考釋》將此字釋為「趄」，並說：「其中『趄』、『戕』二字是反文。」〔註7〕

〔註7〕 李家浩，「攻敔王光劍銘文考釋」，《文物》，1990年第2期，第74～76頁。

41. 後

後，西周金文作 ；黃子鬲（《集成》687）作 ![img]，整字反書。

42. 御

御，洹子孟姜壺（《集成》9730）作 ![img]；洹子孟姜壺（《集成》9729）作 ![img]，整字反書。

43. 及

及，徐王義楚觶（《集成》6513）作 ![img]；楚大師登鐘乙（《通鑑》15506）作 ![img]，整字反書。

44. 翏

翏，魯侯簠（《新收》1068）作 ![img]；翏金戈（《集成》11262）作 ![img]，整字反書。

45. 腸

曾伯陭壺器（《集成》9712）：「用腸（賜）眉壽。」「腸」作 ![img]。郜公平侯鼎（《集成》2771）：「用腸（賜）眉壽。」「腸」作 ![img]，整字反書，用法與正書同。

46. 初

初，兩周金文多作 ![img]（邾公華鐘《集成》245），以鄧鼎器（《新收》406）作 ![img]，整字反書。

47. 虢

虢，虢季氏子組鬲（《集成》662）作 ![img]；虢太子元徒戈（《集成》11116）作 ![img]，整字反書，功能無別。

48. 外

敬事天王鐘（《集成》74）「外」作 ![img]；臧孫鐘（《集成》96）「外」作 ![img]，整字反書。

49. 郜

郜，郜公簠蓋（《集成》4569）作 ![img]；郜公平侯鼎（《集成》2771）作 ![img]，整字反書，用法與正書同。

50. 旅

　　商丘叔簠蓋（《集成》4559）：「商丘弔乍其旅簠。」「旅」作 ；吳王御士尹氏叔緐簠（《集成》4527）：「吳王御士尹氏弔緐乍旅筐。」「旅」作 ，整字反書，功能相同。

51. 年

　　秦公鐘（《集成》263）「年」作 ；尋仲匜（《集成》10266）「年」作 ，整字反書，用法與正書同。鑄公簠蓋（《集成》4574）「年」作 ，鄗仲盤（《集成》10135）作 ，整字反書，用法與正書同。

52. 禾

　　年，甫伯官曾罏（《集成》9971）作 ，番昶伯者君匜（《集成》10269）作 。

53. 保

　　邾公華鐘（《集成》245）：「子子孫孫永保用享。」「保」作 ；臧孫鐘（《集成》93）：「子子孫孫永保是從。」「保」作 ，整字反書，功能無別。

54. 從

　　從，龢鎛（《集成》271）作 ，臧孫鐘丙（《集成》95）作 ，整字反書，功能相同。

55. 壽

　　魯司徒仲齊匜（《集成》10275）：「其萬年眉壽。」「壽」作 ；曹公簠（《集成》4593）：「眉壽無彊。」「壽」作 ，整字反書，用法與正書同。

56. 壽

　　者瀘鐘四（《集成》196）「壽」作 ；曹公簠（《集成》4593）「壽」作 ，整字反書。

57. 壽

　　番君召簠（《集成》4582）「壽」作 ；上都府簠（《集成》4613）「壽」作 ，整字反書，用法相同。

58. 般

　　曹公盤（《集成》10144）「般」作 ；鄗仲盤（《集成》10135）作 ，整字反書，用法與正書同。

59. 䂸

子璋鐘（《集成》113）：「用樂父兄者士。」「兄」作 ；姑馮昏同之子句鑃（《集成》424）：「以樂賓客及我父兄。」「兄」作 ，整字反書，用法與正書同。

60. 訇

齊鞄氏鐘（《集成》142）「訇」作 ；虖訇丘堂匜（《集成》10194）「訇」作 ，整字反書，用爲人名。

61. 肇

肇，魯司徒仲齊盨（《集成》4440）作 ；魯司徒仲齊盤（《集成》10116）作 ，整字反書，用法與正書同。

62. 戕

戕，㠱伯子㝅父盨蓋（《集成》4443）作 ；臧孫鐘丁（《集成》96）作 ，整字反書。

63. 季

季，伯歸墅鼎（《集成》2644）作 ，相同語例，伯歸墅鼎（《集成》2645）作 ，整體反寫，用法与正書無別。

64. 嗣

魯司徒仲齊盨（《集成》4440）：「魯嗣徒中齊肇作皇考伯走父饋盨簋。」「嗣」作 ；魯司徒仲齊盤（《集成》10116）：「魯嗣徒中齊肇乍般。」「嗣」作 ，整字反書，在銘文中用法無別。

65. 備

洹子孟姜壺（《集成》9730）：「用璧二備玉二嗣。」「備」作 ；洹子孟姜壺（《集成》9729）：「用璧二備玉二嗣。」「備」作 ，整字反書，用法與正書無別。

66. 丞

杞伯每刃簋（《集成》3898）器蓋同銘：「子子孫孫丞寶用亯。」「丞」器作 ，蓋作 。

67. 每

每，杞伯每刃鼎（《集成》2495）作 ；杞伯每刃簋蓋（《集成》3899.2）

作 ，整字反書。

68. 啓

啓，王子啓疆尊（《通鑑》11733）作 ，整字反書。

三、合體字部分構件反書

唐蘭先生在《古文字學導論》中說：「反寫例在古文字裏最多，……在復體文字裏，還有只把一邊或一部分反寫的。」[註8]唐蘭先生在這裡所說的「把一邊或一部分反寫」，實際上包括兩類：一類是合體字部分構件反書，另一類是左右結構的合體字某一構件左右易置並反書。我們分爲兩類。合體字部分構件反書有：

69. 每

每，杞伯每刃鼎（《集成》2495）作 ，杞伯每刃簋器（《集成》3898）作 ，構件「屮」反書。

70. 萅

萅，鄭太子之孫與兵壺蓋（《新收》1980）作 ；吳王光鐘殘片之十二（《集成》224.13-36）作 ，構件「屯」反書。

71. 少

少，甫鎛丙（《新收》491）作 ；甫鎛甲（《新收》489）作 ，構件「丿」反書。

72. 是

公英盤（《新收》1043）：「用祈眉壽難老，室家是保。」「是」作 ；季子康鎛丙（《通鑑》15787）：「子子孫孫永保是尚。」「是」作 ，構件「正」部分反書，整字用法與正書無別。

73. 台

郳公華鐘（《集成》245）：「台（以）樂大夫。」「以」作 ；䚇太史申鼎（《集成》2732）：「台（以）御賓客。」「以」作 ，構件「㠯」反書，整字用法與正書無別。

〔註 8〕唐蘭，《古文字學導論》（增訂本），濟南，齊魯書社，1981 年，第 167～168頁。

74. 哀

哀，哀成叔豆（《集成》4663）作 ；上曾大子鼎（《集成》2750）作 ，構件「衣」反書。

75. 趄

趄，戎生鐘甲（《新收》1613）作 ；仲姜鼎（《通鑑》2361）作 ，構件「亙」反書。

76. 𢼊

𢼊，考叔𢼊父簠蓋（《集成》4609）作 ；考叔𢼊父簠蓋（《集成》4608）作 ，構件「丮」反書。

77. 童

童，王孫誥鐘十四（《新收》431）作 ；季子康鎛丙（《通鑑》15787）作 ，構件「重」反寫。

78. 龏

龏，王孫誥鐘五（《新收》422）作 ；楚大師登鐘丁（《通鑑》15508）作 ，構件「龍」反書。

79. 尋

尋，㝬仲之孫簠（《集成》4120）作 ，遱𨛬鐘六（《新收》56）作 。

80. 寇

寇，魯少司寇封孫宅盤（《集成》10154）作 ；鄟司寇獸鼎（《集成》2474）作 ，構件「元」、「又」反書。

81. 鼎

貞，蔡侯龖鼎蓋（《集成》2217）作 ；蔡侯龖殘鼎蓋（《集成》2222）作 ，構件「卜」反書，整字用法與正書同。

82. 甫

甫，曾仲斿父鋪（《集成》4673）作 ；黃子豆（《集成》4687）作 ，構件「父」反書。

83. 膳

膳，益余敦（《新收》1627）作 ；齊侯作孟姜敦（《集成》4645）作 ，

構件「肉」反寫，整字用法與正書同。

84. 初

初，曾伯霥簠蓋（《集成》4632）作 ；樂子嚷豧簠（《集成》4618）作
，構件「衣」反書。

85. 簠

簠，簠太史申鼎（《集成》2732）作 ；簠叔之仲子平鐘丙（《集成》180）
作 ，構件「肉」反書。

86. 旨

伯旟魚父簠（《集成》4525）：「用偁旨飤。」「旨」作 ；上曾太子般殷
鼎（《集成》2750）：「多用旨食。」「旨」作 ，構件「匕」反寫。

87.

「旨」的異構 ，國差罍（《集成》10361）作 ，郤令尹者旨罿爐（《集
成》10391）作 。

88. 匜

匜，樂子簠（《集成》4618）作 ；鑄叔簠蓋（《集成》4560）作 ，
構件「匚」反書，整字用法與正書同。

89. 盆

盆，曾孟嬭諫盆蓋（《集成》10332）作 ；樊君夔盆蓋（《集成》10329）
作 ，構件「分」反寫，整字用法與正書無別。

90. 饞

魯司徒仲齊盨甲蓋（《集成》4440）「饞」作 。相同語例，魯司徒仲齊
盨（《集成》4441）作 ，右部所從「羮」反寫，整字功能與正書同。

91. 饝

饝，彭子仲盆蓋（《集成》10340）作 ；慶孫之子峊簠蓋（《集成》4502）
作 ，構件「食」反寫。

92. 医

侯，陳侯壺器（《集成》9633）作 ；薛侯匜（《集成》10263）作 ，
構件「厂」反書，整字用法與正書同。

93. 師

師，大師盤（《新收》1464）作 ，楚大師登鐘甲（《通鑑》15505）作 ，構件「帀」反書。

94. 允

遱邥鐘六（《新收》1256）：「……允唯吉金，」「允」作 。相同語例，遱邥鐘三（《新收》1253）「允」作 ，構件「人」反書，整字用法與正書同。

95. 壽

魯大司徒子仲白匜（《集成》10277）「壽」作 ；魯伯大父簋（《集成》3989）「壽」作 ，構件「邑」反寫，整字用法與正書無別。

96. 姬

秦公鐘（《集成》262）「姬」作 ；魯伯大父簋（《集成》3989）「姬」作 ，構件「女」反寫，整字用法與正書無別。

97. 飤

乙鼎（《集成》2607）：「乙自乍（作）飤繁。」「飤」作 ；楚叔之孫倗鼎蓋（《集成》2357）：「楚弔之孫倗之飤鼒。」「飤」作 ，構件「人」反寫，整字用法與正書同；鄴子大簠器（《新收》541）作 ，樂子嚷豧簠（《集成》4618）作 ，構件「食」反書。

98. 杞

杞，杞伯每刃壺（《集成》9687）作 ；杞伯每刃簋器（《集成》3902）作 ，構件「己」反書，整字用法與正書同。

99. 楚

楚，黻鐘戊（《新收》485）作 ；黻鐘壬（《新收》497）作 ，構件「足」反書，整字用法與正書無別。

100. 賓

賓，薈太史申鼎（《集成》2732）作 ；徐王糧鼎（《集成》2675）作 ，構件「元」反書。

101. 鄔

鄴子荀塦鼎蓋（《集成》2498）有 ，构件「邑」反書。

102. 宰

宰，郳太宰儀子剔簋（《集成》4623）作 ；滕大宰得匜（《新收》1733）作 ，構件「辛」反書。

103. 客

姑馮昏同之子句鑃（《集成》424）：「以樂賓客。」「客」作 ；徐王糧鼎（《集成》2675）：「用饗賓客。」「客」作 ，構件「各」反書，整字與正書用法無別。

104. 羕

遱邟鐘三（《新收》1253）：「子子孫孫羕保用之。」「羕」作 ；子季嬴青簋（《集成》4594）：「子子孫孫羕保用之。」「羕」作 ，構件「永」反寫，整字用法與正書同。

105. 耆

滕侯耆戈（《集成》11078）：「滕侯耆之錯（造）。」「耆」作 ；滕侯耆戈（《集成》11077）：「滕侯耆之錯（造）。」「耆」作 ，「老」字反寫，用法與正書同。

106. 畀

畀，畀伯㝅父匜（《集成》10211）作 ；㠱仲之孫簠（《集成》4120）作 ，構件「己」反書，整字用法與正書同。

107. 考

考，虢季鐘乙（《新收》2）作 ；曾子㠱鼎（《集成》2757）作 ，構件「丂」反書，整字用法與正書無別。戎生鐘己（《新收》1618）作 ，叔家父簠（《集成》4615）作 ，構件「老」反書。

108. 孝

孝，召叔山父簠（《集成》4601）作 ，郜公平侯鼎（《集成》2771）作 ，構件「子」反書，整字用法與正書同。

109. 訇

訇，何訇君弅鼎（《集成》2477）作 ；訇方豆（《集成》4662）作 ，構件「㠯」反書。

110. 愚

愚，沈兒鐘（《集成》203）作 ；邾公華鐘（《集成》245）作 ，構件「弔」反寫。

111. 忌

忌，黿公華鐘（《集成》245）作 ；齊太宰歸父盤（《集成》10151）作 ，構件「己」反書。

112. 妊

妊，鑄公簠蓋（《集成》4574）作 ；薛侯匜（《集成》10263）作 ，構件「女」反書，整字用法與正書無別。

113. 姑

姑，工獻太子姑發䣄反劍（《集成》11718）作 ，姑馮昏同之子句鑃（《集成》424）作 ，構件「女」反書。

114. 改

改，夆叔盤（《集成》10163）作 ；上都公簠蓋（《新收》401）作 ，構件「己」反書。

115. 匡

匡，吳王御士尹氏叔緜簠（《集成》4527）作 ；蔡侯簠甲器（《新收》1896）作 ，構件「匚」反書，整字用法與正書同。

116. 鈴

鈴，陳大喪史仲高鐘（《集成》353）作 ；楚大師登鐘庚（《通鑑》15511）作 ，構件「令」反書。

117. 陰

陰，敬事天王鐘庚（《集成》79）作 ；相同語例，敬事天王鐘乙（《集成》74）作 ，構件「阜」反寫，整字用法不變。

118. 陽

陽，曩伯子𡩜父盨蓋（《集成》4445）作 ；曩伯子𡩜父盨器（《集成》4445）作 ，構件「阜」反寫。

119. 孟

孟，齊趫父鬲（《集成》685）作 ；黃君孟鼎（《集成》2497）作 ，

構件「子」反寫。

120. 龢

秦，競平王之定鐘（《集成》37）作 ；競之定鬲甲（《通鑑》2997）作 ，居右部的構件「禾」反書。

121. 嫊

嫊，鼄吝父鬲（《集成》717）作 ；杞伯每刃簋蓋（《集成》3899.2）作 ，構件「女」、「棗」反書。

四、合體字某一構件易置並反書

包括兩種情況：一是合體字的各構件皆有方向，如「嫊」字，兩個構件皆有方向。二是合體字中某一個構件有方向，其餘構件無方向。如「割」字，構件「害」結構左右平衡無方向，構件「刀」有方向。

122. 鈛

成陽辛城里戈（《集成》11154）：「成陽辛城里鈛（戈）。」「戈」作 ；司馬朢戈（《集成》11131）：「司馬朢之告（造）鈛（戈）。」「戈」作 ，構件「戈」易置後反書，整字用法與正書無別。

123. 彊

鄭大內史叔上匜（《集成》10281）：「其萬年無彊。」「彊」作 ；申五氏孫矩甗（《新收》970）：「其眉壽無彊。」「彊」作 ，構件「弓」易置後反書，整字用法與正書同。

124. 緐

吳王御士尹氏叔緐簠（《集成》4527）：「吳王御士尹氏弔緐乍旅筐。」「緐」作 ；以鄧鼎（《新收》406）：「以鄧乍緐鼎。」「緐」作 ，構件「母」易置並反書。

125. 徫

邁，鄭太子之孫與兵壺器（《新收》1980）作 ；齊侯敦蓋（《集成》4639）作 ，構件「彳」易置並反書。

126. 徃

徒，魯司徒仲齊盨乙器（《集成》4441）作 ；魯司徒仲齊盤（《集成》10116）作 ，構件「彳」易置並反書。

127. 龢

龢，庚兒鼎（《集成》2715）作 ；庚兒鼎（《集成》2716）作 ，構件「禾」易置並反書。

128. 吁

吁，吳王光鑑乙（《集成》10299）作 ；吳王光鐘殘片之三十五（《集成》224.21）作 ，構件「于」分佈於左部並反書。

129. 右

右，秦公鐘（《集成》262）作 ；右買戈（《集成》11075）作 ，構件「又」反書並分佈於左部。

130. 若

若，者𣴎鐘一（《集成》193）作 ，此形最常見；者𣴎鐘三（《集成》195）作 。

131. 記

記，上鄀府簠器（《集成》4613）作 ；楚大師登鐘乙（《通鑑》15506）作 。

132. 叡

魯士商叡匜（《集成》10187）作 ；戎生鐘戊（《新收》1617）作 ，構件「又」易置並反書。

133. 卑

卑，者減鐘（《集成》195）作 ；相同語例，者減鐘（《集成》196）作 ，構件「手」易置後反書。

134. 鼓

鼓，𪔈鐘甲（《新收》482）作 ；聖靡公㜒鼓座（《集成》429）作 ，構件「攴」易置並反書。

135. 攻

攻，臧孫鐘乙（《集成》94）作 ；子犯鐘甲 C（《新收》1010）作 。

136. 敔

敔，吳王夫差盉（《新收》1475）作 ；曾仲子敔鼎（《集成》2564）作 ，構件「又」易置後反書。

137. 睗

睗，曾伯霥簠蓋（《集成》4632）：「用孝用享於我皇文考，天睗（賜）之福。」「睗」作 ![字形]；相同語例，曾伯霥簠（《集成》4631）作 ![字形]，構件「易」易置後反書，整字與正書用法無別。

138. 智

智，簹叔之仲子平鐘己（《集成》177）作 ![字形]；工吳王叡钧工吳劍（《通鑑》18067）作 ![字形]。

139. 初

初，曾伯霥簠蓋（《集成》4632）作 ![字形]；臧孫鐘（《集成》95）作 ![字形]，構件「刀」易置並反書。

140. 則

則，曾子屚簠器（《集成》4528）作 ![字形]；曾子屚簠蓋（《集成》4529）作 ![字形]，構件「刀」易置並反書，功能相同。

141. 割

割，异伯子㝅父盨器（《集成》4443）：「割眉壽無彊。」「割」作 ![字形]；相同語例，异伯子㝅父盨器（《集成》4444）作 ![字形]，構件「刀」易置並反書。

142. 毀

毀，虢季簋器（《新收》19）作 ![字形]；虢季簋蓋（《新收》19）作 ![字形]，構件「殳」易置並反書。

143. 餕

餕，杞伯每刃簋蓋（《集成》3900）作 ![字形]；杞伯每刃簋蓋（《集成》3901）作 ![字形]，構件「殳」易置並反書，整字用法與正書無別。

144. 差

差，攻敔王夫差劍（《新收》1734）作 ![字形]；攻敔王夫差劍（《集成》11638）作 ![字形]，構件「右」易置並反書，整字用法與正書無別。

145. 可

可，蔡大師腆鼎（《集成》2738）作 ![字形]；工吳王叡钧工吳劍（《通鑑》18067）作 ![字形]。

146. 鈺

鈺，史宋鼎（《集成》2203）作 ；郜公平侯鼎（《集成》2771）作 。

147. 既

既，曾伯霶簠（《集成》4631）作 ；楚大師登鐘乙（《通鑑》15506）作 。

148. 剌

剌，宗婦郜嬰簋蓋（《集成》4076）作 ；曾子軯鼎（《集成》2757）作 ，構件「刀」易置並反寫。

149. 鄧

鄧，鄧公乘鼎蓋（《集成》2573）作 ；以鄧鼎器（《新收》406）作 ，構件「邑」易置並反書。

150. 斳

斳，卓林父簠蓋（《集成》4018）作 ；許公買簠器（《通鑑》5950）作 ，構件「斤」易置並反書。

151. 膌

魯伯厚父盤（《集成》10086）「膌」作 ；蔡侯簠（《新收》1896）「膌」作 ，構件「舟」易置並反書。

152. 敓

敓，王孫誥鐘十五（《新收》434）作 ；王孫誥鐘二十（《新收》433）作 ，構件「攴」易置並反書。

153. 嬕

嬕，鼄客父鬲（《集成》717）作 ；杞伯每刃鼎（《集成》2495）作 ，構件「女」易置並反書。

154. 疆

疆，秦公簋（《集成》4315）作 ；相同語例，王子啓疆尊（《通鑑》11733）作 ，構件「弓」、「土」易置，「弓」反書，整字功能無別。

155. 唯

伯其父簠（《集成》4581）：「唯白其父乍旅祜（簠）。」「唯」作 ；番仲

[匜]（《集成》10258）：「唯番中[圖]自乍寶也（匜）。」「唯」作[圖]，構件「隹」易置後反書。

156. 鍚

鍚，曾伯黍簠蓋（《集成》4632）作[圖]；曾伯黍簠（《集成》4631）作[圖]，構件「昜」易置並整體反書。

157. 賠

宋公欒戈（《集成》11133）：「宋公欒之賠（造）戈。」「造」作[圖]；宋公差戈（《集成》11204）：「宋公差之賦（造）戈。」「造」作[圖]，構件「告」易置並反書，用法與正書無別。

158. 孫

孫，虢季鼎（《新收》10）作[圖]；上鄀府簠器（《集成》4613）作[圖]，構件「子」易置並反書。

159. 隮

叔牙父鬲（《集成》674）：「弔牙父作姞氏隮鬲。」「隮」作[圖]；鄀公平侯鼎（《集成》2771）：「鄀公平侯自作隮盂。」「隮」作[圖]，构件「阜」易置後反書，整字用法與正書無別。

第四節　春秋金文反書現象分析

根據以上考察，春秋金文中的反書不是個別的、偶然的現象，也不是某一特定地域的地域特徵，而是春秋時期文字系統的普遍特徵之一。從功能上看，春秋金文中的反書，除了少數幾例用為人名，其是否有特殊含義尚不知外，其餘與正書用法無別，並無區別意義的作用，是甲骨文系統「反正無別」構形特點的餘緒。

從時間的角度，反書數量從春秋早期至晚期呈遞減趨勢。從器物類型角度，反書分佈比例最高的是食器，最低的是兵器。從單字反書的情形角度，獨體字反書共 26 例，合體字整體反書共 42 例，合體字部分構件反書 53 例，合體字某構件易置並反書共 38 例。合體字整體反書和合體字構件易置並反書二類都保留了原字形構件間的位置關係，故無論正書或反書，單字構件間的相對位置關係相同。如，[圖]和[圖]，構件「攴」面向構件「舟」的位置關係不變。[圖]和[圖]，

「子」背向「系」的位置關係不變。獨體字反書、合體字部分構件反書、以及合體字整體反書、合體字構件易置並反書各類反書的存在，表明春秋金文系統單字、構件的定向尚未完成，表明構件間的相對位置關係在一定程度上仍是春秋金文文字系統分理別異的手段。

第五節　春秋金文反書比例與西周金文的比較

同見於西周和春秋的金文單字中，有反書現象的共 161 個，我們將其在西周金文和春秋金文中的反書數量及在該單字字頻所佔比例作了統計〔註9〕，從這 161 個單字的反書所佔字頻比例看，從西周金文到春秋金文，比例有所下降的共 60 字，有所上昇的共 100 字。數據如下：

序號	字頭	時代	反書數量	單字字頻	比例（%）
1	元	西周	1	34	2.94
		春秋	5	94	5.32
2	祀	西周	1	55	1.82
		春秋	0	37	0
3	旛	西周	0	59	0
		春秋	2	42	4.76
4	屯	西周	2	49	4.08
		春秋	0	6	0
5	每	西周	0	4	0
		春秋	14	17	82.35
6	若	西周	0	15	0
		春秋	1	15	6.67
7	少	西周	0	1	0
		春秋	7	24	29.17
8	唯	西周	2	113	1.77
		春秋	2	28	7.14

〔註9〕　本書中關於西周金文的所有數據皆根據陶曲勇《西周金文分期字形表》，中國人民大學 2009 年博士論文附錄。

9	右〔註10〕	西周	0	48	0
		春秋	1	30	3.33
10	各	西周	2	61	3.28
		春秋	0	1	0
11	哀	西周	0	2	0
		春秋	2	6	33.33
12	趄	西周	2	6	33.33
		春秋	1	4	25.00
13	逗	西周	1	4	25.00
		春秋	2	7	28.57
14	正	西周	1	69	1.45
		春秋	14	227	6.61
15	是	西周	0	13	0
		春秋	10	54	18.52
16	邁	西周	1	69	1.45
		春秋	4	31	12.90
17	徦	西周	4	42	9.52
		春秋	4	15	26.67
18	蠆	西周	0	15	0
		春秋	2	10	20.00
19	儞	西周	0	2	0
		春秋	2	7	28.57
20	征	西周	4	56	7.14
		春秋	1	22	4.55
21	通	西周	2	25	8.00
		春秋	0	1	0
22	追	西周	1	45	2.22
		春秋	1	11	9.09
23	邌	西周	0	7	0
		春秋	2	8	25.00

〔註10〕標陰影的字是西周金文字形數非窮盡性收錄，而是由《西周金文分期字形表》的作者所選的 100 個重器而得。其餘字形為窮盡性收錄。

24	德	西周	3	60	5.00
		春秋	0	7	0
25	御	西周	1	33	3.03
		春秋	4	19	21.05
26	衛	西周	3	35	8.57
		春秋	1	4	25.00
27	復	西周	0	15	0
		春秋	2	6	33.33
28	足	西周	1	20	5.00
		春秋	0	1	0
29	龢	西周	2	44	4.55
		春秋	7	96	7.29
30	敳	西周	1	87	1.15
		春秋	0	1	0
31	斁	西周	0	4	0
		春秋	1	42	2.38
32	爲	西周	1	41	2.44
		春秋	4	87	4.60
33	父	西周	4	94	4.26
		春秋	10	141	7.09
34	叔	西周	30	33	90.91
		春秋	7	10	70.00
35	及	西周	0	4	0
		春秋	1	28	3.57
36	秉	西周	2	23	8.70
		春秋	0	4	0
37	友	西周	3	84	3.57
		春秋	1	4	25.00
38	卑	西周	1	15	6.67
		春秋	6	20	30.00
39	史	西周	2	67	2.99
		春秋	0	8	0

40	臣	西周	6	62	9.68
		春秋	2	15	13.33
41	臧	西周	0	1	0
		春秋	4	24	16.67
42	皮	西周	1	7	14.29
		春秋	0	9	0
43	啓	西周	0	8	0
		春秋	1	1	100
44	寇	西周	0	10	0
		春秋	1	2	50.00
45	鼎	西周	6	29	20.69
		春秋	11	57	19.30
46	甫	西周	0	9	0
		春秋	3	19	15.79
47	睗	西周	0	18	0
		春秋	1	2	50.00
48	智	西周	0	3	0
		春秋	1	8	12.50
49	翏	西周	0	21	0
		春秋	1	9	11.11
50	隹	西周	1	80	1.25
		春秋	18	275	6.55
51	初	西周	7	82	8.54
		春秋	22	207	10.63
52	則	西周	0	50	0
		春秋	7	31	22.58
53	割	西周	0	1	0
		春秋	1	4	25.00
54	殷	西周	0	81	0
		春秋	7	38	18.42
55	飤	西周	0	3	0
		春秋	8	23	34.78

56	左	西周	1	8	12.5
		春秋	0	23	0
57	廼	西周	4	49	8.16
		春秋	0	3	0
58	丂	西周	3	18	16.67
		春秋	0	3	0
59	寧	西周	3	9	33.33
		春秋	0	1	0
60	可	西周	0	8	0
		春秋	1	8	12.5
61	于	西周	6	83	7.23
		春秋	8	157	5.09
62	孝	西周	3	52	5.77
		春秋	1	38	2.63
63	尌	西周	4	6	66.67
		春秋	0	1	0
64	旨	西周	1	8	12.50
		春秋	1	2	50.00
65	盧	西周	1	32	3.13
		春秋	1	4	25.00
66	虎	西周	1	74	1.35
		春秋	0	4	0
67	虢	西周	1	26	3.85
		春秋	9	46	19.57
68	盂	西周	3	26	11.54
		春秋	0	11	0
69	臣	西周	2	17	11.76
		春秋	7	117	5.98
70	盆	西周	0	2	0
		春秋	2	10	20.00
71	盨	西周	3	67	4.48
		春秋	3	12	25.00

72	既	西周	2	67	2.99
		春秋	4	36	11.11
73	饎	西周	5	40	12.50
		春秋	5	30	16.67
74	飤	西周	3	23	13.04
		春秋	4	129	3.10
75	厌	西周	2	83	2.41
		春秋	7	147	4.76
76	杞	西周	1	4	25.00
		春秋	10	15	66.67
77	楚	西周	1	43	2.33
		春秋	6	94	6.38
78	之	西周	2	61	3.28
		春秋	32	720	4.44
79	師	西周	9	67	13.43
		春秋	2	12	16.67
80	刺	西周	0	35	0
		春秋	1	30	3.33
81	賸	西周	7	43	16.28
		春秋	5	35	14.29
82	賓	西周	0	57	1.75
		春秋	1	26	3.85
83	旅	西周	2	75	2.67
		春秋	1	41	2.44
84	月	西周	3	84	3.57
		春秋	15	248	6.05
85	外	西周	0	10	0
		春秋	7	12	58.33
86	甬	西周	1	12	8.33
		春秋	0	8	0
87	禾	西周	2	12	16.67
		春秋	0	3	0

88	年	西周	0	1	0
		春秋	11	66	16.67
89	禿	西周	5	78	6.41
		春秋	11	128	8.59
90	客	西周	0	7	0
		春秋	1	6	16.67
91	家	西周	2	51	3.92
		春秋	1	8	12.5
92	安	西周	1	14	7.14
		春秋	0	7	0
93	宴	西周	0	7	0
		春秋	5	11	45.45
94	宰	西周	1	43	2.33
		春秋	3	13	23.08
95	人	西周	1	58	1.72
		春秋	10	41	24.39
96	保	西周	0	55	0
		春秋	12	148	8.11
97	備	西周	0	14	0
		春秋	1	6	16.67
98	弔	西周	5	75	6.67
		春秋	6	116	5.17
99	從	西周	5	67	7.46
		春秋	3	24	12.5
100	壽	西周	7	101	6.93
		春秋	13	214	6.07
101	嗇	西周	5	44	11.36
		春秋	5	49	10.20
102	考	西周	4	70	5.71
		春秋	3	51	5.88
103	般	西周	3	50	6.00
		春秋	1	35	2.86

104	服	西周	2	34	5.88
		春秋	0	5	0
105	方	西周	0	70	0
		春秋	1	20	5.00
106	兒	西周	6	8	75.00
		春秋	1	22	4.55
107	允	西周	0	6	0
		春秋	2	10	20.00
108	雉	西周	1	9	11.11
		春秋	1	10	10.00
109	訇	西周	1	6	16.67
		春秋	2	10	20.00
110	令	西周	1	65	1.54
		春秋	0	12	0
111	璧	西周	3	85	3.53
		春秋	1	5	20.00
112	䌇	西周	0	1	0
		春秋	1	7	14.29
113	勿	西周	2	38	5.26
		春秋	2	9	22.22
114	易	西周	3	71	4.23
		春秋	0	10	0
115	馬	西周	0	61	0
		春秋	1	15	6.67
116	吳	西周	3	56	5.36
		春秋	1	23	4.35
117	執	西周	1	27	3.70
		春秋	0	1	0
118	羕	西周	0	1	0
		春秋	1	12	8.33
119	龍	西周	1	5	20.00
		春秋	6	15	40.00

120	永	西周	3	90	3.33
		春秋	44	562	7.83
121	拜	西周	9	80	11.25
		春秋	1	5	20.00
122	嬲	西周	15	20	75.00
		春秋	1	1	100
123	覴	西周	1	56	1.79
		春秋	0	1	0
124	女	西周	2	63	3.17
		春秋	2	17	11.76
125	姜	西周	4	74	5.41
		春秋	0	27	0
126	姬	西周	14	95	14.74
		春秋	3	79	3.80
127	姑	西周	3	84	3.57
		春秋	0	1	0
128	娟	西周	0	21	0
		春秋	1	1	100
129	婦	西周	3	27	11.11
		春秋	0	28	0
130	妊	西周	3	20	15.00
		春秋	1	8	12.50
131	母	西周	1	56	1.79
		春秋	4	52	7.69
132	姑	西周	3	22	13.64
		春秋	1	6	16.67
133	改	西周	8	25	32.00
		春秋	2	9	22.22
134	姒	西周	5	21	23.81
		春秋	0	1	0
135	好	西周	5	22	22.73
		春秋	0	13	0

136	媿	西周	3	39	7.69
		春秋	0	6	0
137	�	西周	1	2	50.00
		春秋	10	34	29.41
138	氏	西周	1	48	2.08
		春秋	5	40	12.50
139	乎	西周	5	70	7.14
		春秋	14	83	16.87
140	戈	西周	2	55	3.64
		春秋	3	83	3.61
141	肇	西周	0	50	0
		春秋	1	21	4.76
142	戎	西周	2	40	5.00
		春秋	2	35	5.71
143	乍	西周	14	83	16.87
		春秋	56	682	8.21
144	匡	西周	0	13	0
		春秋	3	8	37.50
145	彊	西周	6	47	12.77
		春秋	6	122	4.91
146	孫	西周	2	61	3.28
		春秋	48	505	9.50
147	鹽	西周	1	1	100
		春秋	1	1	100
148	鈴	西周	0	6	0
		春秋	2	7	28.57
149	陽	西周	2	15	13.33
		春秋	0	10	0
150	九	西周	2	80	2.50
		春秋	1	15	6.67
151	萬	西周	2	80	2.5
		春秋	16	209	7.65

152	己	西周	7	56	12.50
		春秋	3	11	27.27
153	異	西周	16	31	51.61
		春秋	2	14	14.29
154	子	西周	12	81	14.81
		春秋	35	603	5.80
155	季	西周	4	74	5.41
		春秋	6	34	17.65
156	孟	西周	3	92	3.26
		春秋	3	61	4.92
157	以	西周	2	63	3.27
		春秋	4	158	2.53
158	申	西周	1	65	1.54
		春秋	1	21	4.76
159	隨	西周	52	152	34.21
		春秋	4	46	8.70
160	亥	西周	3	102	2.94
		春秋	19	166	11.45
161	它	西周	5	36	13.89
		春秋	6	31	19.35

剔除西周非窮盡性收錄的「右」、「正」等 39 字，反書比例下降的共 43 字，上昇的 78 字，上昇的依然比下降的數量多。造成此現象的原因大致有二：1. 漢字使用範圍的擴大。王寧先生曾就隸書的異寫和異構的數量大大超過小篆的現象指出，隸書形位變體、構件變體、異寫字和異構字的數量大大超過小篆，是因爲文字的使用範圍越來越大，又長期缺乏專家進行人爲的整理、規範的緣故〔註 11〕。春秋金文中單字反書比例較之西周金文有所上昇，文字的規整統一程度降低，文字使用範圍的擴大是主要原因之一。西周金文多爲周王室史官所爲，反映的是周王室史官這一階層所使用的文字面貌，因此規整統一的程度較

〔註 11〕 王寧，「漢字構形史叢書·總序」，《春秋金文構形系統研究》，上海，上海教育出版社，2005 年，第 10 頁。

高。陳夢家先生於《中國文字學》中說：「有周一代，各國的史官原是周王室派遣去的，而各國的史記存于周室，所以我們所看到官家的重器，它們的銘文不問國別皆自相似。」〔註12〕春秋時期，周王朝的中央集權力量衰落，政治、經濟、文化等各方面都由統一走向分裂，教育由貴族壟斷逐漸走向平民普及。青銅器的製作由王室擴展到諸侯、卿大夫階層，使用文字的階層擴大。春秋金文文字反映的是更廣大的階層使用的文字面貌。2.就文字系統本身來說，在構件的定向方面，西周金文和春秋金文在走向定向的過程中，基本處於同一階段，沒有階段性差異。

第六節　小　結

　　王貴元老師指出：「古今漢字演進的本質，是字形由表示物象到表示詞的音義的轉換。」〔註13〕漢字從殷商的甲骨文到秦漢隸書的演變過程，就是漢字形體由表物象到表示詞的音義的轉換過程。從「反書」這一側面看，在漢字字形從表物象到表示詞的音義的發展過程中，春秋金文文字系統仍未完全走出象形階段。王貴元老師《馬王堆帛書漢字構形系統研究》中，以不同時期漢字主體特徵為劃分原則，將春秋金文與西周金文一併劃歸以象形為主體特徵的漢字發展史初期〔註14〕。羅衛東先生的《春秋金文構形系統研究》，通過對春秋金文構件功能的考察，得出春秋金文「仍有較強的象形性」的結論〔註15〕。本章從「反書」的角度對春秋金文文字系統的考察結果與此二結論基本一致。

〔註12〕　陳夢家，《中國文字學》，北京，中華書局，2006 年，第 123 頁。

〔註13〕　王貴元，「漢字形體演化的動因和機制」，《語文研究》，2010 年第 3 期，第 1 頁。

〔註14〕　王貴元，《馬王堆帛書漢字構形系統研究》，南寧，廣西教育出版社，1999 年，第 107 頁。

〔註15〕　羅衛東，《春秋金文構形系統研究》，上海，上海教育出版社，2006 年，第 30 頁。

第三章　春秋金文構件定位研究

第一節　引　言

　　「漢字形體演化是分階段進行的，且環環相扣，經歷了構件的定形、定量、定位、定向，從物象繪製到音義參構，從象形組合到會義、音義組合，由象形、亞象形發展到音義符號等重要環節。」[註1]「定位是指構件在被構字中上下左右等位置的固定。」[註2] 春秋金文中單字構件的分佈位置尚有不固定現象，如，「誨」字王孫誥鐘銘文共出現 11 次，10 處作 （王孫誥鐘七《新收》424），構件「言」居左；王孫誥鐘十一（《新收》428）作 ，「言」居右。「誨」字構件尚未完成定位。本章對春秋金文中構件相同、構件分佈位置不同的單字進行窮盡性搜索，從單字構件定位的角度描寫春秋金文這一文字系統的特徵。

第二節　春秋金文構件未定位單字

　　我們對春秋金文全部單字進行了構件定位考察，剔除通篇反書造成的構件

〔註 1〕　王貴元，「漢字形體演化的動因與機制」，《語文研究》，2010 年，第 3 期，第 1 頁。

〔註 2〕　王貴元，「漢字形體演化的動因與機制」，《語文研究》，2010 年，第 3 期，第 3 頁。

易置字例，得到構件未定位的單字共 99 個。

具體如下：

1. 祜

祜，黃子壺（《集成》9663）作 ，黃子盤（《集成》10122）作 。

2. 福

曾子屌簠（《集成》4528）器蓋同銘：「曾子屌自乍（作）行器，則永祜福。」「福」器作 ，蓋作 。蓋銘中「屌」「乍」「則」「永」等有書寫方向的字皆爲正書，只有「子」一字爲反書，可知「福」字屬於構件易置，而不是整體反書所致。

3. 祭

祭，黿公華鐘（《集成》245）作 ，鄑侯少子簠（《集成》4152）作 。

4. 祖

祖，遱卲鐘三（《新收》1253）作 ，欒書缶（《集成》10008）作 ，邾公孫班鎛（《集成》140）作 。

5. 誗

王子午鼎器 7 件同銘，「祈」字清晰可辨者 5 見。其中王子午鼎（《新收》449）等 4 見作 （誗），義符「言」分佈於左部；王子午鼎（《新收》444）作 （旍），「言」分佈於右部。皆爲「祈」的異構。

6. 唟

簹叔之仲子平鐘 9 件同銘，「唟」字清晰可辨者 4 處。簹叔之仲子平鐘甲（《集成》172）等 3 處作 ；簹叔之仲子平鐘丙（《集成》174）1 處作 。

7. 趄

趄，秦公簋蓋（《集成》4315）作 ，仲姜甗（《通鑑》3339）作 。

8. 仕

仕，魯司徒仲齊匜（《集成》10275）作 ，魯司徒仲齊盤（《集成》10116）作 。二者皆爲「徒」的異構。

9. 姞

姞，高密戈（《集成》11023）作 ，龔王之卯戈（《通鑑》17216）作 。

二者皆爲「造」的異構。

10. 貼

貼，宋公差戈（《集成》11281）作 ，宋公差戈（《集成》11289）作 。
二者皆爲「造」的異構。

11. 得

瓶鎛庚（《新收》495）作 ，瓶鎛乙（《新收》490）作 。二者皆爲
「得」的異構。

12. 龢

龢，庚兒鼎（《集成》2715）作 ，庚兒鼎（《集成》2716）作 。

13. 誨

誨，王孫誥鐘七（《新收》424）作 ，王孫誥鐘十一（《新收》428）作
。

14. 記

記，上都府簠蓋（《集成》4613）作 ，楚大師登鐘乙（《通鑑》15506）
作 。

15. 諆

諆，鄭太子之孫與兵壺器（《新收》1980）作 ，侯古堆鎛甲（《新收》
276）作 。

16. 諆

諆，長子䵼臣簠蓋（《集成》4625）作 ，義符「言」居左；徐王子旃
鐘（《集成》182）作 ，義符「言」居右。二者皆爲「諆」的異構。

17. 斝

黿公華鐘（《集成》245）作 ，聲符「兄」居右；邾太宰簠蓋（《集成》
4624）作 ，「兄」居左。二者皆爲「斝」的異構。

18. 盨

盨，魯士商盨匜（《集成》10187）作 ，吳甫人匜（《集成》10261）作
，王孫誥鐘十五（《新收》434）作 。

19. 敲

敲，鼄鐘甲（《新收》482）作 ，聖𪊽公熒鼓座（《集成》429）作 。

20. 攻

攻，臧孫鐘甲（《集成》93）作 ，子犯鐘甲C（《新收》1010）作 。

21. 敔

敔，吳王夫差盉（《新收》1475）作 ，曾仲子敔鼎（《集成》2564）作 。二者皆爲「敔」的異構。

22. 初

初，者瀘鐘三（《集成》195）作 ，郳太宰簠蓋（《集成》4624）作 。

23. 則

則，黃子盤（《集成》10122）作 ，黃子鼎（《集成》2566）作 。

24. 割

割，異伯子宬父盨器（《集成》4443）作 ，異伯子宬父盨器（《集成》4444）作 。

25. 毀

毀，鄧公牧簋蓋（《集成》3590）作 ，虢季簋蓋（《新收》21）作 。

26. 簋

簋，魯伯大父簋（《集成》3974）作 ，芮公簋（《集成》3709）作 ，芮公簋（《集成》3707）作 。三形皆从食，从殳，但分佈位置或書寫方向不同，爲「簋」的異構。

27. 虢

虢，虢太子元徒戈（《集成》11116）作 ，虢季鋪（《新收》37）作 。

28. 䊆

虢季盨蓋（《新收》33）作 ，虢季盨蓋（《新收》34）作 ，从須，从米，从皿；構件相同，但「須」分佈位置不同。二者皆爲「盨」的異構。

29. 既

既，曾伯黍簠（《集成》4631）作 ，楚大師登鐘乙（《通鑑》15506）作 。

30. 饎

戴叔朕鼎（《集成》2692）作 ![字形] ，郳太宰簠蓋（《集成》4624）作 ![字形] 。

31. 飲

乙鼎（《集成》2607）作 ![字形] ，楚子㠱鄴敦（《集成》4637）作 ![字形] 。

32. 杞

杞，杞伯每刃鼎蓋（《集成》2494）作 ![字形] ，杞伯每刃鼎器（《集成》2494）作 ![字形] ，同一器物同一銘文，器和蓋寫法構件分佈位置不同。

33. 盤

盤，邳子裁盤（《新收》1372）作 ![字形] ，从皿，从般聲；曾子伯𠧟盤（《集成》10156）作 ![字形] ，構件「殳」錯位。二者皆為《說文》「槃」的異構。

34. 師

師，楚大師登鐘甲（《通鑑》15505）作 ![字形] ，楚大師登鐘庚（《通鑑》15511）作 ![字形] ，從構件「帀」的書寫方向可知不是整體反書所致。

35. 刺

刺，宗婦䣄嬰簋蓋（《集成》4078）作 ![字形] ，曾子斿鼎（《集成》2757）作 ![字形] 。

36. 賸

賸，復公仲簋蓋（《集成》4128）作 ![字形] ，从貝，从朕聲；崩弁生鼎（《集成》2524）作 ![字形] ，構件「貝」錯位；蔡侯簠甲器（《新收》1896）作 ![字形] ，構件「舟」右置。

37. 邦

邦，復公仲簋蓋（《集成》4128）作 ![字形] ，國差罎（《集成》10361）作 ![字形] ，構件「邑」分佈左右不定。

38. 都

都，中都戈（《集成》10906）作 ![字形] ，義符「邑」居右；䣄鎛（《集成》271）作 ![字形] ，義符「邑」居左。

39. 鄧

鄧，以鄧鼎器（《新收》406）作 ![字形] ，義符「邑」居右；鄧尹疾鼎蓋（《集成》2234）作 ![字形] ，義符「邑」居左。

40. 郱

郱，郱大司馬戈（《集成》11206）作 ，越郱盟辭鎛乙（《集成》156）

作 ，義符「邑」分佈位置左右不定。

41. 邛

邛，曾侯簠（《集成》4598）作 ，叔師父壺（《集成》9706）作 。

42. 郳

郳，郳左庀戈（《集成》10969）作 ，郳姁逯母鬲（《集成》596）作

。

43. 伱

伱，曾仲鄬君膣鎮墓獸方座（《通鑑》19293）作 ，从邑，从化聲；鄬子

大簠器（《新收》541）作 。

44. 郜

郜，上郜公秌人簠蓋（《集成》4183）作 ，郜公簠蓋（《集成》4569）

作 。

45. 斳

斳，陳侯簠（《集成》4606）作 ；許公買簠器（《通鑑》5950）作 ，

構件「斤」居左。

46. 碁

碁，王子申盞（《集成》4643）作 ，从日，居於字形下端；王孫誥鐘十

（《新收》427）作 ，「日」居於字形上端。皆爲「期」的異構。

47. 寶

寶，魯伯俞父簠（《集成》4567）作 ，魯伯大父簋（《集成》3989）作

。

48. 窑

窑，魯伯愈父鬲（《集成》690）作 ，聲符「缶」居右；楚嬴盤（《集成》

10148）作 ，聲符「缶」居左。二者皆爲「寶」的異構。

49. 富

富，鄭太子之孫與兵壺器（《新收》1980）作 ，構件「缶」分割兩處；

鄒季寬車盤（《集成》10109）作 ，構件「缶」分割兩處，且各構件分佈位

置不同。此二體爲「寶」的異構。

50. 䵼

䵼，曾仲子敔鼎（《集成》2564）作 ，从鼎；曾子單鬲（《集成》625）

作 ，構件分佈位置不同。「寶」的異構。

51. 禍

禍，黃子壺（《集成》9664）作 ，黃君孟鏽（《集成》9963）作 ，

从宀，从示，从缶聲。二者構件分佈位置不同。是「寶」的異構。

52. 俰

俰，齊侯敦器（《集成》4639）作 ，从玉，保聲；蘇公匜（《新收》1465）

作 。二者皆爲「寶」的異構。

53. 宭

宭，吳伯子宭父盨器（《集成》4444）作 ，吳伯子宭父盨器（《集成》

4442）作 。

54. 保

保，䇄叔之仲子平鐘丁（《集成》175）作 ，䇄叔之仲子平鐘丙（《集

成》174）作 。

55. 備

備，洹子孟姜壺（《集成》9730）作 ，洹子孟姜壺（《集成》9729）作

。

56. 姓

姓，王孫遺者鐘（《集成》261）作 ，王孫誥鐘二十二（《新收》438）

作 ，所增聲符位置不定。

57. 頸

頸，伯遊父壺（《通鑑》12304）作 ，伯遊父盤（《通鑑》14501）作

。

58. 敃

畏，王孫誥鐘 24 器共 29 見，王孫誥鐘十五（《新收》434）等 28 見作 ，

王孫誥鐘二十（《新收》433）1 見作 ，構件「支」居左並反寫。

59. 猷
　猷，王孫誥鐘十五（《新收》434）作 ，王子午鼎（《新收》449）作 。

60. 惕
　惕，蔡侯龖尊（《集成》6010）作 ，趙孟𠂤壺（《集成》9678）作 。

61. 灥
　灥，毛叔盤（《集成》10145）作 ，齊縈姬盤（《集成》10147）作 ，構件「水」、「頁」分佈位置不定。

62. 瀕
　瀕，唐子仲瀕兒盤（《新收》1210）作 ，唐子仲瀕兒匜（《新收》1209）作 。

63. 翠
　聖，洹子孟姜壺（《集成》9729）作 ，洹子孟姜壺（《集成》9730）作 。

64. 姬
　姬，蔡侯簠甲器（《新收》1896）作 ，魯伯愈父鬲（《集成》691）作 。

65. 婦
　婦，晉公盆（《集成》10342）作 ，宗婦鄁嬰簋蓋（《集成》4076）作 。

66. 妊
　妊，蘇冶妊盤（《集成》10118）作 ，鑄公簠蓋（《集成》4574）作 。

67. 姑
　姑，工獻太子姑發旹反劍（《集成》11718）作 ，姑發者反之子通劍（《新收》1111）作 。

68. 孆
　孆，齊縈姬盤（《集成》10147）作 ，構件「女」居左；晉公盆（《集成》10342）作 ，構件「女」居右。

69. 改

改，夆叔匜（《集成》10282）作 ![字形]，蘇冶妊盤（《集成》10118）作 ![字形]。

70. 好

好，文公之母弟鐘（《新收》1479）作 ![字形]，大師盤（《新收》1464）作 ![字形]。

71. 媿

媿，芮子仲殿鼎（《集成》2517）作 ![字形]，園君婦媿霝壺（《通鑑》12349）作 ![字形]。

72. 嫌

嫌，龜書父鬲（《集成》717）作 ![字形]，杞伯每刃簋（《集成》3899.1）作 ![字形]。

73. 嬭

嬭，王子申盞（《集成》4643）作 ![字形]，鄀公簠蓋（《集成》4569）作 ![字形]。

74. 媚

媚，楚季哶盤（《集成》10125）作 ![字形]，上鄀公簠器（《新收》401）作 ![字形]。

75. 戔

戔，成陽辛城里戈（《集成》11155）作 ![字形]，司馬朢戈（《集成》11131）作 ![字形]。

76. 彊

彊，秦公鎛丙（《集成》269）作 ![字形]，申五氏孫矩甗（《新收》970）作 ![字形]。

77. 孫

孫，魯司徒仲齊盨甲器（《集成》4440）作 ![字形]，虎臣子組鬲（《集成》661）作 ![字形]。

78. 組

組，虢季氏子組鬲（《集成》662）作 ![字形]，虎臣子組鬲（《集成》661）作 ![字形]。

79. 城

城，武城戈（《集成》10900）作 ![字形]，成陽辛城里戈（《集成》11155）作 ![字形]。

80. 鍚

鍚，曾伯霥簠蓋（《集成》4632）作 ，曾伯霥簠（《集成》4631）作 。

81. 鼉

鼉，鑄子叔黑臣鼎（《集成》2587）作 ，鑄公簠蓋（《集成》4574），聲符「邑」分佈位置不定。二者皆為「鑄」的異構。

82. 鈴

鈴，楚大師登鐘庚（《通鑑》15511）作 ，楚大師登鐘丙（《通鑑》15507）作 。

83. 鏐

鏐，龏公華鐘（《集成》245）作 ，䚄叔之仲子平鐘甲（《集成》172）作 。

84. 鍚

鍚，䚄叔之仲子平鐘甲（《集成》172）作 ，䚄叔之仲子平鐘丙（《集成》174）作 。

85. 鈇

鈇，蔡太史厄（《集成》10356）作 ，哀成叔厄（《集成》4650）作 。

86. 鏽

鏽，䚄叔之仲子平鐘甲（《集成》172）作 ，䚄叔之仲子平鐘戊（《集成》176）作 。

87. 獸

獸，鄴司寇獸鼎（《集成》2474）作 ，王子午鼎（《新收》444）作 。

88. 吳

吳，吳伯窫父盤（《集成》10081）作 ，鄧子仲無斝戈（《新收》1234）作 。

89. 辥

辥，宗婦鄁嬰簋蓋（《集成》4079）作 ，楚大師登鐘丁（《通鑑》15508）

作 。

90. 季

季，宜桐盂（《集成》10320）作 ，欒書缶器（《集成》10008）作 。

91. 隣

隣，復公仲簋蓋（《集成》4128）作 ，盜叔壺（《集成》9625）。

92. 柏

「柏」季子康鎛甲（《通鑑》15785）銘文兩見，一處作 ，一處作 ，義符「木」、「白」分佈位置不定。

93. 坪

坪，競平王之定鐘（《集成》37）作 ，高平戈（《集成》11020）作 。

94. 盜

盜，鄧尹疾鼎蓋（《集成》2234）作 ；昶伯業鼎（《集成》2622）作 ，銘文爲通篇反書，真實寫法是 。

95. 江

江，敬事天王鐘庚（《集成》79）作 ，江小仲母生鼎（《集成》2391）作 。

96. 御

御，洹子孟姜壺（《集成》9730）作 ，邾伯禦戎鼎（《集成》2525）作 。

97. 從

從，芮公簋（《集成》3707）作 ，芮公簋（《集成》3708）作 。

98. 捧

捧，鄭太子之孫與兵壺蓋（《新收》1980）作 ，構件「手」居左；洹子孟姜壺（《集成》9730）作 ，構件「手」居右。

99. 鍾

鍾，邾君鐘（《集成》50）作 ，洹子孟姜壺（《集成》9730）作 。

第三節　春秋金文構件易置現象分析

古文字合體字的構件間的位置關係分組合式和圖示式兩種情形。圖示式合體字使用的是形符，是象形構形方式。此類字構形的內在制約是物象的本質特徵，表現爲構件之間的相對位置關係。在明確表達各獨體物象之間的關係的前提下，構件分佈的具體位置無關緊要。如「取」字，在明確表現「以手取耳」這一物象特徵的前提下，構件「手」的具體位置可以在左也可以在右，只要二者之間是相向的，其具體的分佈位置絲毫不影響字形的功能。萬業馨先生對古文字合體字中構件的具體分佈位置和構件間的相對位置作了區分，將前者稱爲「分佈位」，後者稱爲「關係位」〔註3〕。春秋金文中「構件易置後反書」一類即屬於此種情形，這類字構件分部位置的不定，是象形本質的體現。

更多的構件分佈位置不定的字例屬於組合式合體字。組合式合體字使用的是義符，包括形聲字和義合會意字。此類字構件分佈位置的不固定，反映的是文字的不定位，不規範和不統一。春秋金文中構件不定位的字例主體上屬於此類情形。

第四節　春秋金文單字構件定位比例與西周金文的比較

根據現有材料，同見於西周和春秋金文的單字中，有未定位現象的共 102 字，其中有「矩（𤰝）」、「𦉲（𤱿）」、「𡩝（𡨄）」、「𤯍（𦧵）」、「𧄹（𧄼）」「𥺆（𤳈）」6 字不能確定構件分佈位置不同的兩種寫法哪種爲最終定位體。此外，「杞」字《說文》所載寫法西周至春秋金文尚未出現，也無法比較正體在不同時期的比例。其餘 95 字，我們分別統計了每個字在西周和春秋時期正體的數量、構件相同而分佈位置不同的各個異體的數量，並計算出正體在構件相同的諸異體字頻中所佔的比例。這裡的字頻統計，不包括構件不同的其他異構。如，「徝」，西周時期正體「徝」共 39 見，其構件分佈位置不同的異構只有一個「𢔅」，共 3 見，所以字頻爲 42，其他異構「臺」的 15 見等不包括在內。

通過統計、比較，自西周至春秋，可比較的 95 字中，正體所佔比例上昇的共 56 字，下降的共 38 字，持平的 1 字。其中，𣪘、休、寶、彊、毁、既、師、

〔註3〕　萬業馨，「『關係位』略說」，《古文字研究》第 22 輯，中華書局，2000 年，第 312 頁。

從、姬、孫、鐘、嶭共 12 字西周字形為非窮盡性收錄，剔除此 12 字，正體比例從西周到春秋上昇的共 51 字，下降的共 33 字，上昇的依然多于下降的。具體如下：

序號	正體字頭	時代	正體數量	正體占字頻比例
1	祐	西周	4	100
		春秋	7	53.85
2	福	西周	78	100
		春秋	61	89.71
3	祀	西周	67	87.01
		春秋	37	100
4	祖	西周	0	0
		春秋	5	71.43
5	璜	西周	2	66.67
		春秋	2	100
6	穌	西周	45	95.74
		春秋	6	100
7	唯	西周	112	99.12
		春秋	28	100
8	趄	西周	6	100
		春秋	3	75.00
9	逗	西周	3	75.00
		春秋	5	83.33
10	徦	西周	39	92.86
		春秋	15	100
11	往	西周	2	100
		春秋	5	71.43
12	征	西周	53	94.64
		春秋	19	100
13	通	西周	24	95.00
		春秋	1	100

14	德	西周	57	95.00
		春秋	7	100
15	御	西周	33	100
		春秋	14	77.78
16	穌	西周	44	100
		春秋	91	96.81
17	博	西周	3	50.00
		春秋	1	100
18	誨	西周	4	100
		春秋	11	91.67
19	諫	西周	5	31.25
		春秋	2	100
20	謀	西周	11	64.71
		春秋	17	60.71
21	敄	西周	85	98.84
		春秋	1	100
22	羹	西周	4	44.44
		春秋	42	95.45
23	叔	西周	4	11.76
		春秋	3	8.82
24	取	西周	22	75.86
		春秋	4	100
25	初	西周	82	92.13
		春秋	191	92.27
26	則	西周	50	100
		春秋	27	90.00
27	割	西周	1	100
		春秋	3	75.00
28	毀	西周	75	100
		春秋	31	81.58
29	餕	西周	3	100
		春秋	14	60.87

30	鑪	西周	1	16.67
		春秋	3	100
31	虢	西周	24	96.00
		春秋	37	80.43
32	既	西周	67	97.10
		春秋	25	86.21
33	饌	西周	29	72.50
		春秋	25	89.29
34	飤	西周	22	95.65
		春秋	124	96.12
35	醴	西周	6	46.13
		春秋	1	100
36	休	西周	76	98.70
		春秋	16	100
37	師	西周	58	86.57
		春秋	10	83.33
38	剌	西周	32	100
		春秋	24	96.00
39	剌	西周	23	92.00
		春秋	6	100
40	膌	西周	35	83.33
		春秋	30	85.71
41	邦	西周	48	100
		春秋	10	52.63
42	都	西周	1	100
		春秋	1	20.00
43	邾	西周	1	100
		春秋	2	50.00
44	邛	西周	1	100
		春秋	4	75.00
45	廓	西周	59	100
		春秋	42	93.33

46	朙	西周	30	90.91
		春秋	14	100
47	粉	西周	1	50.00
		春秋	1	100
48	寶	西周	92	54.12
		春秋	298	69.63
49	鍾	西周	5	45.45
		春秋	34	94.44
50	廳	西周	3	33.33
		春秋	7	100
51	保	西周	55	100
		春秋	143	98.64
52	倸	西周	38	97.44
		春秋	22	95.65
53	備	西周	14	100
		春秋	3	75.00
54	伐	西周	72	97.30
		春秋	3	100
55	從	西周	62	92.54
		春秋	21	87.50
56	敐	西周	48	94.12
		春秋	34	100
57	服	西周	32	94.12
		春秋	5	100
58	在	西周	2	33.33
		春秋	2	100
59	灋	西周	8	40.00
		春秋	1	100
60	獻	西周	25	92.59
		春秋	4	100
61	執	西周	26	96.30
		春秋	1	100

62	歔	西周	20	83.33
		春秋	19	76.00
63	洹	西周	6	85.71
		春秋	4	100
64	鮮	西周	0	0
		春秋	1	100
65	姬	西周	27	29.03
		春秋	30	37.97
66	姞	西周	21	25.00
		春秋	0	0
67	嬀	西周	2	50.00
		春秋	16	100
68	妘	西周	1	4.76
		春秋	1	100
69	婦	西周	2	7.70
		春秋	5	17.86
70	妃	西周	0	0
		春秋	1	100
71	妊	西周	4	20.00
		春秋	5	62.50
72	姑	西周	0	0
		春秋	3	50.00
73	妹	西周	0	0
		春秋	5	100
74	妣	西周	9	75.00
		春秋	0	0
75	改	西周	17	68.00
		春秋	6	66.67
76	好	西周	2	9.09
		春秋	6	50.00
77	媿	西周	12	30.00
		春秋	2	33.33

78	嬚	西周	0	0
		春秋	16	72.73
79	孋	西周	2	50.00
		春秋	1	50.00
80	肇	西周	50	94.34
		春秋	21	100
81	彊	西周	43	91.49
		春秋	116	95.08
82	孫	西周	77	91.67
		春秋	461	91.47
83	緑	西周	6	100
		春秋	2	66.67
84	軝	西周	11	91.67
		春秋	3	100
85	捧	西周	19	22.09
		春秋	3	60.00
86	朕	西周	1	88.89
		春秋	11	100
87	鎣	西周	1	50.00
		春秋	1	100
88	鈴	西周	6	100
		春秋	7	87.50
89	鋤	西周	1	100
		春秋	0	0
90	鐘	西周	1	33.33
		春秋	86	90.53
91	獸	西周	8	80.00
		春秋	1	16.67
92	晨	西周	26	100
		春秋	11	91.67
93	辪	西周	11	100
		春秋	23	95.83

94	季	西周	76	100
		春秋	78	97.50
95	隋	西周	80	52.63
		春秋	41	91.11

第五節　小　結

　　春秋金文中構件分佈位置不固定的現象分兩種情形：一是保留「關係位」的構件分佈位置的不固定。二是不存在「關係位」的構件易置。前一種情形的存在說明春秋金文系統仍有一定程度的象形性。第二種情形的存在說明春秋金文文字系統尚未完成定位，處於不規範統一的狀態。從同西周單字構件定位的比較結果看，在單字的構件定位程度方面，春秋金文較之西周金文略有邁進，但沒有明顯的階段性差別。

第四章 春秋金文異體字研究

第一節 引 言

　　王寧先生指出：「在同一歷史時期同時使用的漢字中，只有職能相同，也就是音義相同的字，才有必要比較其構形。共時漢字中有兩種職能相同、形體不同的情況值得注意：一是異寫字，一是異構字。」〔註1〕本章即對春秋金文這一共時漢字中的異寫和異構進行描寫，反映春秋金文文字系統特徵的一方面。

　　春秋金文中的異體字，前輩學者已有所研究。羅衛東先生的《春秋金文異體字考察》是代表性文章〔註2〕。該文依據《殷周金文集成》、《近出殷周金文集錄》以及截至 2003 年底的期刊雜誌中著錄的春秋銅器銘文，對春秋金文文字系統中的異構字進行了全面清理，分析歸納出 89 組異構字，共 232 個字形，並對其類別、產生原因及傳承情況進行了分析、總結〔註3〕。本章在前輩學者研究成果的基礎上，對春秋金文這一文字系統中的異體現象再作考察和研究，以期更

〔註 1〕　王寧，《漢字構形學講座》，上海，上海教育出版社，2002 年，第 80 頁。

〔註 2〕　羅衛東，「春秋金文異體字考察」，《古文字研究》第 26 輯，北京，中華書局，2006 年，第 244～249 頁。

〔註 3〕　羅文的異構不包括構件分佈位置不同的字形。

細緻地反映春秋金文的特徵。

第二節　春秋金文中的異寫字

王寧先生指出：「異寫字是職能相同的同一個字，因寫法不同而形成的異形。……異寫字的相互差異只是在書寫方面的、在筆畫這個層次上的差異，沒有構形上的實質性差別。」〔註4〕春秋金文中的異寫現象大量存在。如：「鬲」，或作 （虎臣子組鬲《集成》661）；或作 （鄭叔蒦父鬲《集成》579）；或作 （魯伯愈父鬲《集成》690）；或作 （番君酨伯鬲《集成》732）。「享」，或作 （魯伯悆盨《集成》4458）；或作 （曾子斿鼎《集成》2757）；或作 （虎臣子組鬲《集成》661）。「鼎」，多作 ，也作 （卓林父簋蓋《集成》4018），也作 （郍試鼎《集成》2426）。林澐先生在《古文字研究簡論》中說：「文字中最初的異體現象，是文字尚未脫離圖像這一母胎的反映。從實際事物的形象變成圖形符號，都要經過提煉，即對實際物象的簡化，這種簡化一開始就可以採取不同的方式。」〔註5〕春秋金文中的一些異寫現象，依然屬於這種性質，如以上所舉。

王貴元老師曾就馬王堆帛書文字提出異寫現象分兩種不同的性質，一種是個體性的、臨時的變化，另一種是受字形系統發展趨向支配的書寫變化。後一種變化雖然也發源於個人書寫，表現為個人書寫，但它反映的是整個字形系統的變化，具有一定的規律性，不是臨時存在，而是會長期延續並最終取代原有字形，是漢字發展演進的重要因素，所以可以稱它為字形演進的不規則〔註6〕。從春秋金文實際看，異寫現象也有這種受字形系統發展趨向支配的書寫變化。如，「余」字，甲骨文作 〔註7〕。西周金文共 58 見，56 見沿襲甲骨文的寫法，如 （諫簋《集成》4237）。或曲筆拉直作 （小臣傳簋《集成》4206）。西周中期器呂服余盤（《集成》10169）銘中 2 見作 ，於中間豎筆下端兩側各

〔註4〕　王寧，《漢字構形學講座》，上海，上海教育出版社，2002 年，第 80～82 頁。

〔註5〕　林澐，《古文字研究簡論》，長春，吉林大學出版社，1986 年，第 94 頁。

〔註6〕　王貴元，「簡帛文獻用字研究」，《西北大學學報》，2008 年第 3 期，第 160 頁。

〔註7〕　本書中的甲骨文字形皆來自沈建華、曹錦炎的《新編甲骨文字形總表》，香港中文大學出版社，2001 年。

增一「點」，這是演變的開端，屬於個人書寫變異。此後，「余」字形體沿著這一方向演變，逐漸加速，最終取代了原字形。春秋早期金文，「余」字 23 見，新體增至 7 見。至春秋晚期，除了文公之母弟鐘（《新收》1479）銘中 4 見使用舊體作 ，其餘 151 見皆作 （邾公華鐘《集成》245），舊體已經是孑遺性的了。戰國金文 32 見，已經全部作新體，「余」最終取代了原有字形。

第三節　春秋金文中的異構字

「如果從偏旁分析的角度來考察一個字所可能有的異體，每一個字除了所含偏旁的形體變異外，還可以有結構上的變異。所謂結構上的變異，包括所含偏旁數量、偏旁相對位置、偏旁種類的變化，也包括構字方式上的變化。這些現象，可統稱爲「異構」。異體字不都是因爲異構，但異構是異體字中特別重要的一種現象。」〔註8〕王貴元老師則將異構概括爲構件不同、構件相同但構件間的組合位置不同和全形與省體的不同三種情形〔註9〕。依據以上標準，我們對春秋金文做了窮盡性清理，得到異構字組 265 組，共涉及 763 個單字字形。其中，包括 2 字的共 167 組；包含 3 字的 55 組；包含 4 字的 20 組；包含 5 字的 9 組；包含 6 字的 4 組；包含 7 字的 6 組，還有包含 10 字、12 字、24 字、27 字的各一組。具體如下：

1. 祜—祜—䪞—䪞

曾子屌簠（《集成》4528）器蓋同銘：「曾子屌（屌）自乍（作）行器，則永祜福。」祜，蓋銘作 ，器銘作 ，構件分佈位置不同，功能相同。黃君孟鼎（《集成》2497）；「黃君孟自乍（作）行器彐，子孫則永䪞（祜）䪞（福）。」全文皆正書，「祜」作 ；黃子豆（《集成》4687）：「黃子乍（作）黃甫人行器，剘（則）永䪞（祜）䪞（福）。」「祜」作 ，構件分佈位置不同，功能相同。

2. 福—䪞—福

宗婦郜嬰鼎（《集成》2687）：「以降大福。」「福」作 。相同語例，

〔註8〕　林澐，《古文字研究簡論》，長春，吉林大學出版社，1986 年，第 98 頁。

〔註9〕　王貴元，《馬王堆帛書漢字構形系統研究》，南寧，廣西教育出版社，1999 年，第 16～17 頁。

宗婦都嬰鼎（《集成》2683）作 ，構件分佈位置不同，功能相同。鼄大宰
徟子敚鐘（《集成》86）：「眉壽多福（福）。」增構件「宀」。

3. 祭─祭─祋

祭，鼄公華鐘（《集成》245》作 ，从又；鄦侯少子簋（《集成》4152）
作 ，构件分佈位置不同；欒書缶（《集成》10008）作 ，从攴。

4. 且─曼─祖─昨─景─祼

祖，者瀘鐘一（《集成》193）作 ；都公誠簋（《集成》4600）作 ，
从又；遱邟鐘三（《新收》1253）作 ，增「示」；欒書缶（《集成》10008）
作 ，構件分佈位置不同；邿公孫班鎛（《集成》140）作 ，構件分佈位
置不同；司馬楙鎛丁（《通鑑》15769）：「用言（享）於皇祼（祖）咨（文）考。」
「祖」作 ，累增構件「示」。

5. 祈─旃─旃

「用祈眉壽」爲金文常用語，「祈」字春秋金文寫法多樣：越邾盟辭鎛乙（《集
成》156）作 ，从示，从斤；王子午鼎（《集成》2811）作 ，从疒，从言，
从斤；王子午鼎（《通鑑》1896）作 ，構件「斤」、「言」分佈左右易置。

6. 皇─皇

「皇」在春秋銘文中有兩種寫法：一種作 （秦公簋《集成》4315），此
形共 24 見，早期 4 見，中期 9 見，晚期 11 見；一種作 （秦公鎛丙《集成》
269），此形共 50 見，春秋早期 43 見。

7. 鬳─甗

《說文》：「鬳，鬲屬。」王孫壽甗（《集成》946）作 ；聽盂（《新收》
1072）有 ，从升。春秋時期的器物名用字有增構件「升」形成異構的現象，
如「盂」有異構「盌」，「匜」有異構「盤」，「盨」有異構「頶」等，「甗」應
爲「鬳」的異構。

8. 璧─璧

洹子孟姜壺（《集成》9730）銘文「璧」字數見。「用璧玉備一嗣」，「璧」
作 ；「用璧二備玉二嗣」，「璧」作 ，省構件「○」。

9. 𣂉─斯

折，洹子孟姜壺（《集成》9729）作 ，从艸；王孫誥鐘四（《新收》421）

作 ，从木。

10. 萅—⿱艹⿱屯月—旾

萅，吳王光鐘殘片之十二（《集成》224.13-36）作 ，从艸，从日，屯聲，與《說文》小篆同；吳王光鐘殘片之二十二（《集成》224.2）作 ，省構件「艸」；欒書缶（《集成》10008）蓋器皆作 ，从月。

11. 莫—莳

莫，工䱷太子姑發腎反劍（《集成》11718）作 ，从茻；莳父匜（《集成》10236）作 ，从艸。

12. 曾—⿱八囟

曾，上曾太子般殷鼎（《集成》2750）作 ；甫伯官曾鐳（《集成》9971）有 ，據辭例，可能爲「曾」之省體。

13. 公—⿱八⿱口口

公，邾公華鐘（《集成》245）等作 ，此形最常見；蘇公子癸父甲簋（《集成》4014）作 ，蘇公子癸父甲簋（《集成》4015）作 ，增同形構件，功能不變，此形僅此 2 見。

14. 命—⿰命攴

命，敬事天王鐘（《集成》73）作 ；徐令尹者旨𦟞盧（《集成》10391）作 ，增構件「攴」。

15. ⿰止斤—⿰阝⿱止斤

哲，王孫遺者鐘（《集成》261）作 ，从止；叔家父簠（《集成》4615）作 ，从阜。

16. 召—⿱⿰卜召酉—⿱⿰𠂤召酉—⿱⿰卜召皿

召，春秋金文有以下寫法：召叔山父簠（《集成》4601）作 ；番君召簠（《集成》4582）作 ；戎生鐘丙（《新收》1615）作 ；者減鐘三（《集成》195）作 ，聲符爲「刀」或「召」，所選義符不同。

17. 唯—⿰倠卩

炩右盤（《集成》10150）作 ，叔單鼎（《集成》2657）作 。

18. 哏—⿰艮卩

哏，𥳑叔之仲子平鐘甲（《集成》172）作 ；𥳑叔之仲子平鐘丙（《集

成》174）作 。

19. 走—徒

走，許公戈（《通鑑》17218）作 ；魯司徒仲齊盨乙器（《集成》4441）作 ，增構件「彳」。

20. 趄—逗—䢔

趄，秦公簋蓋（《集成》4315）作 ；仲姜壺（《通鑑》12333）作 ，從辵；仲姜瓶（《通鑑》3339）作 。

21. 趰—趆

「皇皇熙熙」爲春秋樂器銘文常見語，如沇兒鐘（《集成》203）：「皇皇趰趰（熙熙）。」「趰」作 。相同語例，王孫誥鐘（《新收》438）：「趨趨（皇皇）趆趆（熙熙）」「趆」作 ，聲符替換。

22. 遍—遍

歸，齊太宰歸父盤（《集成》10151）作 ，歸父敦（《集成》4640）作 。

23. 登—昇—奲

登，寶登鼎（《通鑑》2277）作 ，從癶，從豆；鄧公牧簋蓋（《集成》3590）作 ，從豆，從廾；者瀘鐘二（《集成》194）作 ，從癶，從豆，從廾。三形爲構件增省產生的異構。

24. 癹—發

奲，姑發者反之子通劍（《新收》1111）作 ，從癶，從攴；曹鰦尋員劍（《新收》1241）作 ，從二「癶」。

25. 歲—歳—戕—歲—胾

歲，公子土斧壺（《集成》9709）作 ，從步，戌聲；鄭太子之孫與兵壺蓋（《新收》1980）作 ，從步，從戊；爲甫人盨（《集成》4406）作 ，從步，從戈；敬事天王鐘壬（《集成》81）作 ，從止，從戊，從月；臧孫鐘丁（《集成》96）作 ，從月，從戈。《說文》：「歲，木星也。從步，戌聲。」「戊」、「戈」古音與「戌」相去甚遠，故各異體並非音同音近聲符替換，而是由聲符構件「戌」的形近或義近構件「戊」、「戈」替換，或理解爲「戌」的省體。

26. 遾—衔

遾，子犯鐘乙 B（《新收》1021）作 ；庚壺（《集成》9733）作 ，從行。

27. 邁—徦—蠆

邁，秦公簋蓋（《集成》4315）作 ，此形最常見；公父宅匜（《集成》10278）作 ，從彳；夆叔盤（《集成》10163）作 ，從止。

28. 徒—社—圩

徒，魯大司徒厚氏元簠器（《集成》4690）作 ；魯司徒仲齊盨乙蓋（《集成》4441）作 ；魯司徒仲齊盤（《集成》17116）作 。

29. 延—征

征，昊伯子㝀父盨器（《集成》4444）作 ；侯母壺（《集成》9657）作 。

30. 造—艁—遣—錯—𥐯—𢦒—賠—誥—敊—僃—廳—竃

「製造」義，春秋金文寫作 以下諸形：

（1）造。如簹太史申鼎（《集成》2732）作 。

（2）艁。如郳大司馬戈（《集成》11206）：「郳大司馬之艁（造）戈。」「造」作 。《說文》：「𦩍，古文造。」

（3）遣。如郑造遣鼎（《集成》2422）作 。

（4）錯。如曹公子沱戈（《集成》11120）作 。

（5）𥐯。如高密戈（《集成》11023）作 。

（6）𢦒。如冀王之卯戈（《通鑑》17216）作 。

（7）賠。如宋公差戈（《集成》11281）作 。

（8）誥。如宋公差戈（《集成》11289）作 。

（9）敊。如曹右庭戈（《集成》11070）作 。

（10）僃。如輪鎛（《集成》271）有 ，從彳，告聲，缶聲。「缶」、「造」皆爲「幽」韻，「缶」爲累加的聲符。

（11）廳。如鄦侯戈（《集成》11202）作 ，該銘文爲通篇反書。

（12）竃。如秦政伯喪戈（《通鑑》17117）：「秦政伯喪戮政西旁，乍竃（作

造）左關元戈。」「造」作 。

以上諸形為一組異構字，「告」為聲符，於各形中不變，異構由所選義符不同造成。

31. 通—逋

通，侯古堆鎛甲（《新收》276）：「百歲外通。」「通」作 ，从辵；姑發者反之子通劍（《新收》1111）作 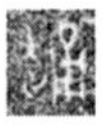，从走。

32. 遷—𡲬

鄧公孫無嬰鼎（《新收》1231）：「鄧公孫無嬰𡲬吉金，鑄其□鼎。」《說文》：「𡲬，古文徙。」鄭莊公之孫盧鼎（《通鑑》2326）：「其遷於下都。」增辵，「遷」為「徙」專用字。

33. 還—德

右洀州還矛（《集成》11503）作 ，从辵；司馬楙鎛丙（《通鑑》15768）作 ，从彳。

34. 追—䢔

追，戎生鐘戊（《新收》1617）作 ；魯伯悆盨蓋（《集成》4458）作 。

35. 遼—遼

遼，叔原父甗（《集成》947）作 ；魯太宰原父簋（《集成》3987）作 ，增構件「口」。

36. 衜—衍

道，曾伯霥簠蓋（《集成》4632）作 ，从行，从首，从又；仲滋鼎（《新收》632）作 ，从行，从人。

37. 迦—䢃

迦，金文共 1 見，用於人名：工師迦戈（《集成》10965）：「攻師  ……」；䢃，金文共 1 見，用於人名：楚子䢃鄴敦（《集成》4637）：「楚子  鄴之飤。」「辵」、「止」互換形成的異構常見，所以二者應為異構關係。

38. 德—遖—僡—譓

德，秦公簋蓋（《集成》4315）作 ，此形最常見；王孫誥鐘十五（《新收》434）作 ，从辵；王孫遺者鐘（《集成》261）作 ，从人；蔡侯驪歌鐘乙（《集成》211）作 ，从言。

39. 彶—返

彶，攻敔王者彶戲劎劍（《通鑑》18065）作 ；公英盤（《新收》1043）作 。

40. 後—夋—逡—遒

黃子鬲（《集成》687）：「黃子作黃甫人行器，則永祜福，需多需後。」「後」作 ；黃子盉（《集成》9445）：「……需多需後。」「後」作 ，為 的省體。《說文》：「後，遲也。从彳，从幺，夂者，後也。」鄭太子之孫與兵壺（《新收》1980）「後」作 ；後生戈（《通鑑》17250）作 ，增構件「口」。

41. 逇—退—趣—復—旻

得，滕太宰得匜（《新收》1733）作 ，从寸；𪓥鎛庚（《新收》495）作 ，从又；𪓥鎛乙（《新收》490）作 ；余購逐兒鐘乙（《集成》184）作 ，从攴；宋公得戈（《集成》11132）作 。

42. 御—䢔—衒—致—逆—娶—御

洹子孟姜壺（《集成》9730）銘文「御」字數見，皆作 ，此形最常見；洹子孟姜壺（《集成》9729）則或作「御」，或作 ，構件分佈位置不同；連迁鼎（《集成》2083）作 ，為反書，从彳，从卩，从午；工𤥨太子姑發詈反劍（《集成》11718）作 ；邵方豆（《集成》4660）作 ；趙明戈（《新收》972）作 ；吳王御士尹氏叔緐簠（《集成》4527）作 ，增構件「口」。

43. 建—建

建，武城戈（《集成》11025）作 ；蔡侯𦉣鎛丙（《集成》221）作 ，增構件「土」。

44. 衞—衛—衞

衞，衛伯須鼎（《新收》1198）作 ，與《說文》篆體同；衛公孫呂戈（《集成》11200）作 ，無構件「帀」；衛子叔旡父簠（《集成》4499）作 ，从帀，省「口」。

45. 龢—稣—訴

「以鑄龢鐘」為金文常用語，「龢」多作 （者瀡鐘四《集成》196），从龠，禾聲；庚兒鼎（《集成》2716）作 ，構件分佈位置不同；余購逐兒鐘乙（《集成》184）：「台（以）鑄 鐘。」「訴」兩周金文僅此一見。

46. 器—䀴

器，黃子壺（《集成》9663）作 ；器濘侯戈（《集成》11065）有 ，為「器」之異構。

47. 商—

商，商丘叔簠蓋（《集成》4559）作 ；秦公鎛乙（《集成》268）作 。《說文》：「，籀文商。」

48. 世—丗—枼

世，邵鸞鐘十一（《集成》235）作 ；鄭莊公之孫盧鼎（《通鑑》2326）作 ，增構件「人」；欒書缶器（《集成》10008）作 ，從示，枼聲。

49. 誨—

誨，王孫誥鐘銘文數見，多數作 （王孫誥鐘十三《新收》430）；王孫誥鐘十一（《新收》428）作 ，義符「言」分佈於右部。

50. 記—己言

記，上鄀府簠蓋（《集成》4613）作 ；楚大師登鐘乙（《通鑑》15506）作 。

51. 諆—斯—譖—𪓐

諆，上鄀公簠蓋（《新收》401）作 ；侯古堆鎛甲（《新收》276）作 ；長子讎臣簠蓋（《集成》4625）作 ，從言，從碁聲；徐王子旃鐘（《集成》182）作 ，構件分佈位置改變。

52. —

業，昶伯業鼎（《集成》2622）作 ；秦公簋蓋（《集成》4315）作 ，增聲符「去」。

53. 僕—僅

僕，文公之母弟鐘（《新收》1479）作 ；𪓐鎛庚（《新收》495）作 ，增「臣」。《說文》古文僕從「臣」。

54. 睪—鐸—𣪠

「擇其吉金」為金文常用語，「擇」春秋金文多作「睪」。如：上曾太子般鼎（《集成》2750）作 ；何台君党鼎（《集成》2477）作 （鐸），所增構件「金」應為連類而及導致；㲋夫人嬭鼎（《通鑑》2386）作 ，從「殳」。

55. 兜—兜—兜—靚

兜，戎生鐘丙（《新收》1615）作 ，與《說文》小篆同；秦公簋蓋（《集成》4315）作 ，增聲符「兄」，此形最常見；郳太宰簠蓋（《集成》4624）作 ，聲符居左；魯伯悆盨蓋（《集成》4458）作 ，省構件「廾」。

56. 具—鼎

具，秦公鎛（《集成》269）作 ，从鼎省；曾子斿鼎（《集成》2757）作 ，从鼎，不省。

57. 樊—樊—樊—燓

樊，樊夫人龍嬴匜（《集成》10209）作 ，與《說文》小篆同；樊夫人龍嬴壺（《集成》9637）作 ，从网，與「爻」義近；樊君靡簠（《集成》4487）作 ，增構件「口」；樊君夔匜蓋（《集成》10256）作 ，省構件「爻」，字形中部應是「尹」，「尹」在文部，「樊」在元部，應為聲符。

58. 與—與—舉

與，鄭太子之孫與兵壺蓋（《新收》1980）作 ；皇與匜（《通鑑》14976）作 ；鏽鎛（《集成》271）作 ，增構件「口」。

59. 鞄—鞄

鞄，鞄子鼎（《通鑑》2382）作 ，从革，陶聲；齊鞄氏鐘（《集成》142）作 。

60. 鬲—盉—鬶—鬲—塦

鬲，虢季鬲（《新收》24）作 ；芮公鬲（《通鑑》2992）作 ，增構件「皿」；虢季氏子組鬲（《通鑑》2918）作 ，增二「手」；芮太子白鬲（《通鑑》3005）作 ，又增「土」；國子碩父鬲（《新收》49）作 ，增構件「鼎」。

61. 虡—虡—虡

魯士商虡匜（《集成》10187）作 ；員甫人匜（《集成》10261）作 ；王孫遺者鐘（《集成》261）作 。

62. 友—奢

友，王孫遺者鐘（《集成》261）作 ；竈奢父鬲（《集成》717）作 。

63. 肅—譙

肅，王孫誥鐘五（《新收》422）作 ；蔡侯龘盤（《集成》10171）作 ，

增構件「言」。

64. 毆—毆

毆，曾伯陭鉞（《新收》1203）作 ，从殳；王子午鼎（《集成》2811）作 ，从攴。

65. 尋—叟—喫

尋，遱郘鐘六（《新收》56）作 ；尋仲匜（《集成》10266）作 ；曹繺尋員劍（《新收》1241）作 ，增構件「又」。

66. 啓—啟—敢

王子啓疆尊（《通鑑》11733）作 ，從構件「戶」、「攴」的方向看，此字屬於整字反書。戎生鐘甲（《新收》1613）作 ；芮伯壺蓋（《集成》9585）作 。

67. 整—整

整，蔡侯齲盤（《集成》10171）作 ；晉公盆（《集成》10342）作 ，从足。

68. 陳—陳—敶

陳，陳公子仲慶簠（《集成》4597）作 ，與《說文》小篆同；猷侯之孫陳鼎（《集成》2287）作 ，增構件「土」；鄭太子之孫與兵壺蓋（《新收》1980）作 ，省構件「阜」。

69. 鼓—敼—嬉

鼓，王孫誥鐘十四（《新收》431）作 ，與《說文》同；黝鎛庚（《通鑑》15803）作 ，增構件「口」；聖麘公獎鼓座（《集成》429）作 ，構件分佈位置改變。

70. 攻—虹—敢

攻，王孫誥鐘十（《新收》427）作 ；子犯鐘甲C（《新收》1010）作 ，構件分佈位置不同；夫跤申鼎（《新收》1250）作 ，增構件「口」。

71. 敲—敲—娷—敔—戤

《說文》所載「敲」一形，春秋金文不見，作以下寫法：攻敔王者汲叡戗劍（《通鑑》18065）作 ；宋公縊簠（《集成》4589）作 ；曾仲子敔鼎（《集

成》2564）作 ；吳王夫差盉（《新收》1475）作 ；王孫誥鐘十五（《新收》434）作 ，从戈。

72. 教—孝

教，鄭太子之孫與兵壺器（《通鑑》12285）作 ；鄭太子之孫與兵壺蓋（《通鑑》12285）作 ，省構件「攴」。

73. 貞—鼎

貞，曾侯邸鼎（《通鑒》2337）作 ，鼎省声；杞伯每刃鼎（《集成》2495）作 ，不省。《說文》：「貞，一曰：鼎省聲。京房所說。」

74. 自—𦣹

自，蔡子佗匜（《集成》10196）作 ；敬事天王鐘辛（《集成》80）作 ，爲《說文》古文。

75. 魯—魯

魯，秦公鎛甲（《集成》267）作 ；魯仲齊鼎（《集成》2639）作 。

76. 者—者—耂

者，䣄令尹者旨瀞爐（《集成》10391）作 ，此形共 2 見；者瀞鐘四（《集成》196）作 ，此形 92 見；王孫遺者鐘（《集成》261）作 。

77. 雝—鄘

《說文》所載「雝」，春秋金文不見，寫作以下形體：戎生鐘丁（《新收》1616）作 ；十八年鄉左庫戈（《集成》11264）作 ，从邑。

78. 鳴—𪂁

鳴，王孫誥鐘二十三（《新收》443）作 ；遷邟鐘三（《新收》1253）作 ，从二「口」。

79. 畢—𢍰

畢，陳侯鬲（《集成》706）作 ；何次簠器（《新收》404）作 ，增構件「廾」。

80. 初—𥘉—衣

初，鄭大內史叔上匜（《集成》10281）作 ；邿太宰簠蓋（《集成》4624）作 ；嘉子伯昜臚簠器（《集成》4605）作 ；塞公孫𰯀父匜（《集成》10276）

作 ，省體。

81. 劋—

《說文》小篆「則」春秋金文不見，作 以下寫法：曾孟嬴剈簠（《新收》1199）作 ，為《說文》籀文；黃子豆（《集成》4687）作 ，銘文非通篇反書，屬於構件分佈位置不同的異構。

82. 割—

割，曩伯子宬父盨蓋（《集成》4443）作 ；曩伯子宬父盨器（《集成》4444）作 。

83. 鐱—鐱—鐱

《說文》小篆「劍」春秋金文不見，作以下寫法：攻盧王叡鈛此邹劍（《通鑑》17956）作 ，从金；攻敔王者彶叡虘劍（《通鑑》18065）作 ，增構件「日」；鵰公圃劍（《集成》11651）作 ，增構件「攴」。

84. 耤—耤—耤

《說文》所載「耕」，不見於春秋金文，作以下寫法：邹令尹者旨耤爐（《集成》10391）作 ；邹太宰欉子耤簠（《集成》4623）作 ；耤篙鐘（《集成》38）作 。

85. 毀—毀—盨—皀—餿—餿

《說文》小篆「簋」一形，不見於春秋金文，作以下形體：最常見的形體為 （魯司徒仲齊盨乙器《集成》4441）；虢季簋蓋（《新收》19）作 ，非通篇反書，屬於構件分佈位置不同的異構；蔡侯鸘簋（《集成》3599）作 ，增構件「皿」；秦公簋A器（《新收》1343）作 ，从食；芮公簋（《集成》3707）作 ，構件分佈位置改變；虢季簋器（《新收》16）作 ，此形此前不見，應為省體。

86. —其—甘—臭—毀—祺—期

其，魯伯愈父鬲（《集成》694）作 ；秦公鐘甲（《集成》262）作 ；徐王子旃鐘（《集成》182）作 ；番叔壺（《新收》297）作 ，从自，應為與「」形近而替代；王子午鼎（《集成》2811）作 ，增構件「廾」；秦公簋器（《集成》4315）作 。

87. 左—右

左，秦公鎛乙（《集成》268）作 ；宋左太師睪鼎（《通鑑》2364）作 ，從口，春秋時期「左」「右」二字的區別仍然存在依靠構件的書寫方向完成的現象。

88. 差—若—𥝩—輚

差，宋公差戈（《集成》11289）作 ；攻敔王夫差劍（《通鑑》18022）作 ，從口；攻敔王夫差劍（《集成》11638）作 ，從右；攻敔工差戟（《集成》11258）作 ；蔡侯𦉜歌鐘乙（《集成》211）作 ，從車，從𥝩。

89. 工—𢀩

工，攻𢼻王劍（《集成》11665）作 ；工尹坡盞（《通鑑》6060）作 。

90. 巨—𢀩

巨，鄦侯少子簋（《集成》4152）作 ；申五氏孫矩甗（《新收》970）作 。

91. 于—𠫟

于，曾伯黍簠蓋（《集成》4632）作 ；王子午鼎（《集成》2811）作 。

92. 平—𠀦

平，拍敦（《集成》4644）作 ；平陽高馬里戈（《集成》11156）作 。

93. 旨—𣅴

旨，伯旊魚父簠（《集成》4525）作 ；國差罎（《集成》10361）作 。

94. 喜—壴

喜，楚屈喜戈（《通鑑》17186）作 ；齊鎣氏鐘（《集成》142）：「用匽（宴）用喜。」「喜」作 。「壴」在《說文》中為獨立的字，但與「喜」古音相去甚遠，所以銘文中不應是同音假借，而是「喜」截除了部分形體的省體。

95. 𠻡—𠾭—嘉—劼

嘉，上曾太子般殷鼎（《集成》2750）作 ；陳侯作嘉姬簋（《集成》3903）作 ，增構件「手」；嘉子伯易爐簠器（《集成》4605）作 ，增構件「艸」；戎生鐘丁（《新收》1616）有 ，李學勤先生認為為「嘉」之省體：「『劼』字《說文》訓為『慎也』，慎遣本來是很通順的，不過晉姜鼎有類似一句，作『嘉

遣我易鹵責千兩（輛）』，證明『劫』字實係『嘉』字的省體。」〔註10〕

96. 虔—虘

虔，秦公鎛甲（《集成》267）：「虔敬朕（朕）祀，以受多福。」「虔」作
，從文聲；吳王光鐘殘片之四十（《通鑑》15402）：「虘（虔）敬命勿忘。」
「虔」作 ，從吝。「文」、「吝」古音皆在「文」部，應爲聲符替換。

97. 虢—戲

虢，虢季鬲（《通鑑》2926）作 ；虢太子元徒戈（《集成》11116）作
。

98. 盂—鈺—𦉜—㽅—𥁰

盂，子耳鼎（《通鑑》2276）作 ；史宋鼎（《集成》2203）作 ，增構
件「金」；齊侯匜（《集成》10283）作 ，增構件「升」；子諆盆蓋（《集成》
10335）作 ；郜公平侯鼎（《集成》2771）作 ，增構件「公」。

99. 匝—匿—區—䓝—匿—金—害

《說文》小篆𤮻，春秋金文不見，寫作以下幾種：微乘簠（《集成》4486）
作 ，此形最常見，共 113 見；曹公簠（《集成》4593）作 ，從者；商丘
叔簠（《集成》4557）作 ，從故；魯士浮父簠（《集成》4519）作 ，從害，
「古」、「者」、「故」、「害」古音同在魚部，屬於聲符替換；郜公誠簠（《集成》
4600）作 ，增構件「金」；京叔姬簠（《集成》4504）作 ，省去聲符「古」；
薛子仲安簠器（《集成》4546）作 。

100. 盅—寁—盈

盅，戎生鐘戊（《新收》1617）作 ，從皿，弔聲；杞伯每刃盆（《集成》
10334）作 ，從召聲。「召」、「弔」皆爲「宵」韻。子犯鐘乙 F（《新收》1017）
作 ，增構件「宀」。

101. 盨—頗—糫—醴

盨，爲甫人盨（《集成》4406）作 ；㠱伯子宛父盨器（《集成》4443） ，
從升；虢季盨蓋（《新收》33）作 ，增構件「米」；虢季盨器（《新收》32）
作 。

〔註10〕 李學勤，「戎生編鐘論釋」，《文物》，1999 年第 9 期，第 78 頁。

102. 唪—鑒

盃，文母盃（《新收》1624）作 ；楚叔之孫途盃（《集成》9426）作 ，增構件「金」。

103. 𥎚—囚

秦子簋蓋（《通鑑》5166）：「 龏（恭）穆秉德。」《說文》：「𥎚，仁也。」王孫誥鐘六（《新收》423）：「 龏（恭）獣（舒）遲。」 為 的省體。

104. 盥—盤—盤

盥，夆叔盤（《集成》10163）作 ；徐王義楚盤（《集成》10099）：「郐（徐）王義楚，擇其吉金，自乍 盤。」盤，《金文形義通解》：「徐王義楚盤字省『舟』而增從『水』，已為盥洗專字。」﹝註11﹞也可分析為從水，從皿，喬聲。哀成叔豆（《集成》4663）有 ，董蓮池《新金文編》釋為「盥」之異構﹝註12﹞，可從，從皿，從舟，喬聲。

105. 浟—潃

浟叔，浟叔鼎（《集成》2355）作 ；潃叔壺（《集成》9625）作 ；潃叔壺（《集成》9626）作 ，是通篇反書。

106. 青—靑

青，番君伯歔盤（《集成》10136）作 ；鄬子孟媚青簠器（《通鑑》5947）作 ，增構件「口」。

107. 既—毷

曾伯黍簠蓋（《集成》4632）作 ；楚大師登鐘乙（《通鑑》15506）作 ，構件相同但分佈位置不同。

108. 餴—籟—饙

餴，蔡大善夫趣簠器（《新收》1236）作 ；郳太宰簠蓋（《集成》4624）作 ；隨公冑敦（《集成》4641）作 ，是構件多少或分佈位置不同產生的異構。

109. 飤—俔—饕

飤，鄬子大簠器（《新收》541）作 ；樊君夔簠（《集成》4487）作 ；

﹝註11﹞　張世超等，《金文形義通解》，京都，中文出版社，1996年，第855頁。

﹝註12﹞　董蓮池，《新金文編》，北京，作家出版社，2011年，第615頁。

鄩子湯簠（《集成》4545）作 ，從頁。

110. 卿—卿

曾子斟鼎（《集成》2757）作 ；曾伯陭壺器（《集成》9712）作 。

111. 舍—舍

舍，配兒鉤鑃乙（《集成》427）作 ，從口；遱邟鐘三（《新收》1253）作 ，從日。

112. 會—佮

會，蔡子佗匜（《集成》10196）作 ；聖麔公穱鼓座（《集成》429）作 。《玉篇》：「佮，古文會。」《說文》：「會，合也。從亼，從曾省。」

113. 缶—匋—鍂—鑓

缶，佣缶蓋（《新收》480）作 ；梁姬罐（《新收》45）作 ，增形符「匚」；欒書缶器（《集成》10008）作 ，增義符「金」；蔡侯䚄尊（《集成》6010）作 ，增義符「金」、「皿」。

114. 鈚—攼—鈚—鑑

鉼，春秋金文不見，寫作以下形體：唐子仲瀕兒瓶（《新收》1211）作 ，從金，比聲；僉父瓶器（《通鑑》14036）作 ，從攴，並聲；孟城瓶（《集成》9980）作 ，從缶，比聲；蔡侯䚄瓶（《集成》9976）作 ，從金，從皿，比聲。

115. 罐—酇

伯遊父罐（《通鑑》14009）作 ；甫伯官曾罐（《集成》9971）作 。

116. 亯—畗—亯—饔

亯，邦伯杞鼎（《集成》2602）作 ；楚嬴匜（《集成》10273）作 ；番昶伯盤（《集成》10094）作 ；芮太子白壺器（《集成》9645）作 ，從食。

117. 歴—邌

《說文》小篆「舞」，春秋金文不見，寫作以下形體：蔡公子壺（《集成》9701）作 ，從止；余贎速兒鐘乙（《集成》184）作 ，從彳。

118. 乘—乑

乘，微乘簠（《集成》4486）作 ，從木，從人；鄧公乘鼎器（《集成》

2573）作 ，从几、人。

119. 朮—杏

《說文》小篆「杞」，春秋金文作以下形體：杞伯每刃鼎蓋（《集成》2494）作 ；杞伯每刃鼎器（《集成》2494）作 。

120. 盤—盤—醯

《說文》小篆「槃」不見於春秋金文，作以下形體：曾子伯窅盤（《集成》10156）作 ，从殳；郐令尹者旨督爐（《集成》10391）作 ，从攴；蔡侯齸盤（《集成》10072）作 ，从酉。

121. 樂—樊

樂，子璋鐘庚（《集成》119）作 ，从木；王孫誥鐘十（《新收》427）作 ，从大。

122. 師—𠂤—𠂤

師，子犯鐘乙 B（《新收》1021）作 ；叔師父壺（《集成》9706）作 ；楚大師登鐘庚（《通鑑》15511）作 。

123. 剌—㓝

剌，秦公鎛甲（《集成》267）作 ；曾子斁鼎（《集成》2757）作 。

124. 國—國—郾

國，宗婦郜嬰鼎（《集成》2687）作 ；國子鼎器（《集成》1348）作 ；章子郾戈（《集成》11295）作 ，从邑。

125. 膌—䏍

膌，蘇冶妊鼎（《集成》2526）作 ；蔡侯簠甲器（《新收》1896）作 。

126. 邦—邽

邦，復公仲簋（《集成》4128）作 ；國差罎（《集成》10136）作 。

127. 都—睹

都，中都戈（《集成》10906）作 ；曾都尹定簠（《新收》1214）作 。

128. 邑奠—赣

《說文》小篆「鄭」，春秋金文不見，作以下寫法：鄭太子之孫與兵壺（《新收》1980）作 ，从邑；哀成叔鼎（《集成》2782）作 ，从古文墉。

129. 邭𤱿—邑𤱿

經傳國名「許」，春秋金文作以下寫法：許子妝簠蓋（《集成》4616）作 ；蔡大師膒鼎（《集成》2738）作 ，增構件「甘」。

130. 鄧—鄧

鄧，以鄧鼎器（《新收》406）作 ，鄧公乘鼎蓋（《集成》2573）作 。

131. 邾—鼄

邾，邾公釛鐘（《集成》102）作 ；越邾盟辭鎛乙（《集成》156）作 。

132. 邛—𢀜

邛，曾侯簠（《集成》4598）作 ；叔師父壺（《集成》9706）作 。

133. 邻—鄥—鄥

經傳國名「徐」，春秋金文有以下寫法：徐王之子段戈（《集成》11282）作 ；宜桐盂（《集成》10320）作 ；攻虘王叡戝此邻劍（《新收》1188）作 ，累增聲符「車」。

134. 郳—郳

郳左屍戈（《集成》10969）作 ；郳妇逢母鬲（《集成》596）作 。

135. 邎—俹—𢨟

鄐，蔡侯盤（《新收》471）作 ；曾仲鄐君膟鎮墓獸方座（《通鑑》19293）作 ；鄐子吳鼎器（《新收》533）作 。「化」、「爲」皆在歌部，聲符替換。

136. 郜—𦚣

郜，郜公簠蓋（《集成》4569）作 ；上郜公敔人簋蓋（《集成》4183）作 。

137. 旂—旚—旞—旝—旘—斤

旂，公英盤（《新收》1043）作 ；陳侯簠（《集成》4606）作 ；許公買簠器（《通鑑》5950）作 ，從構件「𪃍」的書寫方向可知該字不屬於整字反書，屬於構件「斤」分佈位置不同且反寫；魯伯悆盨蓋（《集成》4458）作 ；齊太宰歸父盤（《集成》10151）作 （旘），從𦈢；蔡叔季之孫貴匜（《集成》10284）作 ，銘文爲通篇反書，故構形與旘同；欒書缶器（《集成》10008）作 ，爲省體。

138. 游—斿—遊—蓲—㳺

游，鬵叔之仲子平鐘甲（《集成》172）作，从㫃，汻聲；曾仲斿父方壺器（《集成》9629）作，从㫃，从子；伯遊父罐（《通鑑》14009）作，增从辵；曾侯仲子游父鼎（《集成》2423）作，增構件「彳」。

139. 旅—遊—㝊—簪—遊

旅，虢季簋蓋（《新收》16）作；叔原父甗（《集成》947）作，增構件「辵」；陳樂君歗甗（《新收》1073）作，構件「彳」與「人」共用，屬於並劃性簡化；園君鼎（《集成》2502）作，「車」為聲符；仲改衛簠（《通鑑》5919）作，並劃簡化。

140. 期—朞—具

期，吳王光鑑甲（《集成》10298）作，从月，此形少見。春秋金文多从「日」，但分佈位置不同：王子申盞（《集成》4643）作，王孫誥鐘二十六（《新收》442）作。

141. 朙—覩

秦公鎛乙（《集成》268）作；趙明戈（《新收》972）作，增構件「生」，應為聲符，「明」為陽部，「生」為耕部。

142. 盟—盟—禜—禜

盟，邾公釛鐘（《集成》102）作，从朙，从血省；宋右師延敦蓋（《新收》1713）作，从朙省，从血省；徐王子旃鐘（《集成》182）作，从示，从朙；鼄鎛丙（《通鑑》15799）作，从明，从示。

143. 鼎—鑪

鼎，秦公鼎A（《新收》1340）作；郘子吳鼎器（《新收》533）作，从金，从皿，从鼎省。

144. 鼒—鼒—鼒

鼒，鼎名，王子吳鼎（《集成》2717）作；戴侯之孫陳鼎（《集成》2287）作，替換聲符；丁兒鼎蓋（《新收》1712）作，增構件「皿」。

145. 鼉—盜

鼉，鼎名，襄鼎器（《集成》2551）作，从鼎，它聲；鄧尹疾鼎蓋（《集成》2234）作，从皿，沱聲。

146. 穆—眹

穆，王孫誥鐘十五（《新收》434）作 ；吳王光鐘殘片之十二（《集成》224.13-36）作 ，從禾，參省聲。

147. 稻—稻

稻，曾伯黍簠蓋（《集成》4632）作 ，從禾；叔原父甗（《集成》947）作 ，從米。

148. 季—禿—㚦—秂—秄—禾

季，虢季鼎（《新收》9）作 ，從人，此形最常見；曾伯黍簠蓋（《集成》4632）作 ，從千聲，此形較常見；魯伯俞父簠（《集成》4567）作 ，從壬；番昶伯者君盤（《集成》10139）作 ，下面一筆應是受相鄰字「萬」的下面一筆影響，連類而及，同時省構件「人」；侯古堆鎛己（《新收》280）作 ，從夕；綏君單匜（《集成》10235）作 ，應是省體，或初文。

149. 秝—秫—森—秾

《說文》小篆「秦」不見於春秋金文，作以下形體：秦公簋甲（《通鑑》4903）作 ，從二「禾」；秦子鎛（《通鑑》15770）作 ，從三「禾」；競之定豆乙（《通鑑》6147）作 ，省二「手」；秦公鼎 A（《新收》1340）作 ，從春不省。

150. 醴—醴

醴，彭伯壺蓋（《新收》315）作 ；曾伯陭壺器（《集成》9712）作 。

151. 梁—粱

梁，曾伯黍簠蓋（《集成》4632）作 ，從米，梁省聲；邿召簠蓋（《新收》1042）作 ，從米，刅聲。

152. 寶—寶—窑—窇—宐—寶—寚—賨—宨—㝉—寙—寢—窚—富—寙—寢—窳—窊—寐—㝋—襃—窞—寷—賓—俘—俘—狂

寶，春秋金文有以下寫法：曾子伯睿盤（《集成》10156）作 ，此形最常見；虢季鼎（《新收》9）作 ，聲符「缶」居左，此形較常見；其餘寫法則較少見：寶登鼎（《通鑑》2277）作 ，缶聲；魯伯愈父鬲（《集成》690）作 ，從玉，缶聲；鄎子行盆器（《集成》10330）作 ；楚季崞盤（《集

成》10125）作 ，从缶省聲；欒書缶器（《集成》10008）作 ，从酉；繁子丙車鼎蓋（《集成》2603）作 ，从玉；繁子丙車鼎器（《集成》2603）作 ；番君酓伯鬲（《集成》732）作 ，从珏；虢季氏子組鬲（《集成》662）作 ；荊公孫敦（《通鑑》6070）作 ，增構件「酉」；鄭太子之孫與兵壺器（《新收》1980）作 ，所從「缶」上下分離錯位；鄁季寬車盤（《集成》10109）作 ，所從「缶」上下分离錯位，各构件位置不同於上一形；蔡侯簠甲蓋（《新收》1896）作 ，从畗；醫子奠伯鬲（《集成》742）作 ，从鼎；曾子單鬲（《集成》625）作 ，从鼎，各構件分佈不同於上一形；僉父瓶器（《通鑑》14036）作 ，从示，缶聲；黃君孟鱐（《集成》9963）作 ；黃子盤（《集成》10122）作 ，省構件「宀」；番昶伯者君盤（《集成》10140）作 ；番昶伯者君匜（《集成》10269）作 ，从二「缶」，同一銘文另一處作 ，从三「缶」，三缶共用一個構件「口」；季子康鎛丁（《通鑑》15788）作 ，从貝，保聲；毛叔盤（《集成》10145）作 ，从玉，保聲；蘇公匜（《新收》1465）作 ，該銘文爲通篇反書；益余敦（《新收》1627）作 ，从玉，保省聲，是前一形的省體。

153. 寏—宎

人名字「寏」，邿伯子寏父盨器（《集成》4444）作 ；邿伯子寏父盨器（《集成》4442）作 。

154. 竈—電—竈

秦公簋器（《集成》4315）作 ；邵黛鐘一（《集成》225）作 ；公子土斧壺（《集成》9709）作 。

155. 㷴—煖

陳侯簠器（《集成》4603）作 ；陳侯簠（《集成》4606）作 。

156. 保—孞—呆

保，齊皇壺（《集成》9659）作 ；齋叔之仲子平鐘丙（《集成》174）作 ；保晉戈（《通鑑》17240）作 ，應是省體。

157. 備—𢓕—僃

備，洹子孟姜壺（《集成》9730）作 ；洹子孟姜壺（《集成》9729）作 ；子備璋戈（《新收》1540）作 ，增構件「女」。

158. 佫—歆

佫，臧之無佫戈（《通鑑》17279）作 ▨，从人，从各；晉公盆（《集成》10342）作 ▨，从欠，从佫。

159. 朢—垦

朢，司馬朢戈（《集成》11131）作 ▨；郿公湯鼎（《集成》2714）作 ▨，省構件「月」。

160. 老—耂

「壽老」爲金文常用語，夆叔匜（《集成》10282）：「壽老無期。」「老」作 ▨；鮢鎛（《集成》271）：「壽老毋死。」「老」作 ▨。

161. 壽—嘼—嗸—薵—夀—盨—嗸

壽，陳侯簠（《集成》4607）作 ▨；魯伯俞父簠（《集成》4566）作 ▨；魯伯悆盨蓋（《集成》4458）作 ▨；醫子奠伯鬲（《集成》742）作 ▨，增「又」，魯仲齊鼎（《集成》2639）▨；婁君盂（《集成》10319）作 ▨，从皿；王子午鼎（《集成》2811）作 ▨，增構件「口」。

162. 孝—耂—饕

孝，魯伯悆盨器（《集成》4458）作 ▨；曾伯霥簠蓋（《集成》4632）作 ▨，从食；番君召簠（《集成》4582）作 ▨。

163. 俞—仝

《說文》：「俞，空中木爲舟也。从亼，从舟，从巜。巜，水也。」俞，魯伯俞父簠（《集成》4568）作 ▨；鮢鎛（《集成》271）作 ▨，省構件「舟」。

164. 般—叔—嬎

般，尌仲盤（《集成》10056）作 ▨；▨右盤（《集成》10150）作 ▨；綏君單盤（《集成》10132）作 ▨，增構件「虵」，爲聲符。

165. 兄—𣥠—覎—𣥩

兄，文公之母弟鐘（《新收》1479）作 ▨；敬事天王鐘己（《集成》78）作 ▨；𪔔鎛甲（《新收》489）作 ▨，增聲符；子璋鐘甲（《集成》113）作 ▨，从壬。

166. 先—兟

叔家父簠（《集成》4615）作 ▨；余贎逐兒鐘乙（《集成》184）作 ▨。

167. 謌—訶

歌，春秋金文不見，作下列寫法：鄔子受鐘戊（《新收》508）作 ；黝鐘甲（《新收》482）作 。

168. 頸—踁

頸，伯亞臣鑪（《集成》9974）作 ；伯遊父盤（《通鑑》14501）作 。

169. 盥—盟

《說文》，魯伯愈父盤（《集成》10114）作 ；大師盤（《新收》1464）作 。

170. 敜—媿

畏，春秋金文寫作「敜」或「媿」：王孫誥鐘一（《新收》418）作 ；相同辭例，王孫誥鐘二十（《新收》433）作 ，構件分佈位置不同，此形僅此一見。

171. 府—庍—宨

府，𣆡府宅戈（《通鑑》17300）作 ；上都府簠蓋（《集成》4613）作 ；費奴父鼎（《集成》2589）作 。

172. 厲—𥄉

厲，東姬匜（《新收》398）作 ；魯大司徒子仲白匜（《集成》10277）作 ，从石，从止。

173. 長—𠱟

長，黝鐘甲（《新收》482）作 ；長子䵼臣簠器（《集成》4625）作 ，从止。

174. 豫—鑢

豫，豫州戈（《集成》11074）作 ；蔡侯𬃟歌鐘丙（《集成》217）作 ，从土。

175. 薦—蘆—盧

薦，䣄公湯鼎（《集成》2714）作 ，从艸；叔朕簠（《集成》4621）作 ；華母壺（《集成》9638）作 ，从艸；邵王之諻簋（《集成》3634）作 ，从皿。

176. 瀘—盧

瀘，戎生鐘丙（《新收》1615）作 ；司馬楙鎛乙（《通鑑》15767）作 ，從血。

177. 逸—脀

逸，秦子矛（《集成》11547）作 ；秦政伯喪戈（《集成》17117）作 ，從彳，從月。「逸」爲喻母質部，「月」爲疑母月部，「月」應爲聲符。

178. 獻—獻—喑

獻，魯仲齊甗（《集成》939）作 ；尌仲甗（《集成》933）作 ，從鼎；申五氏孫矩甗（《集成》3302）作 ，省構件「鬲」，增構件「口」。

179. 猷—猷

戎生鐘甲（《新收》1613）作 ；王孫遺者鐘（《集成》261）作 ，從奠，所增「丌」在之部，與「猷」所在幽部相近，或「奠」與「酋」形近而相替代。

180. 熏—竆

煙，春秋金文有兩種寫法：哀成叔鼎（《集成》2782）作 ；宋君夫人鼎（《通鑑》2343）作 ，不從火。

181. 煌—皝

煌，䣄鎛甲（《新收》489）作 ，從火；王孫遺者鐘（《集成》261）作 ，從光。

182. 黗—黗

黗，䣄鎛庚（《新收》495）作 ，從黑；䣄鎛甲（《新收》489）作 ，增構件「土」。

183. 夷—塞

夷，薛比戈（《通鑑》16957）作 ；鄔子塞簠《集成》4545）作 ，增构件「土」

184. 壺—壾—鼓

壺，陳侯壺蓋（《集成》9634）作 ；園君婦媿霝壺（《通鑑》12349）作 ，從卄；復公仲壺（《集成》9681）作 ，從殳。

185. 奢—⿰者多

奢，鼄山奢㿟簠蓋（《集成》4539）作 ，从者聲；鄸㝱魯生鼎（《集成》
2605）作 ，从多聲。

186. 惎—㐬

愼，楚大師登鐘丁（《通鑑》15508）作 ；黿公華鐘（《集成》245）作
。

187. 憲—宔

憲，秦公鐘甲（《集成》262）作 ；戎生鐘甲（《新收》1613）作 ，
省體。

188. 忘—惺

忘，蔡侯䛌歌鐘甲（《集成》210）作 ；郃夫人孂鼎（《通鑒》2386）作
。

189. 忌—䢀

「畏忌」的「忌」，黿公華鐘（《集成》245）作 ，从心；王孫誥鐘五（《新
收》422）作 ，从廾，己聲。

190. 惕—惥

惕，蔡侯䛌尊（《集成》6010）作 ；趙孟庎壺（《集成》9678）作 。

191. 眉—貴—賮—豐—豔—賮—豐—昌—頯—䁵

金文常用語「用祈眉壽」的「眉」，春秋金文寫作 以下幾種形體：（1）眉。
如，叔原父甗（《集成》947）作 ，此形最常見。（2）貴。如，黿客父鬲（《集
成》717）作 ，此形次常見。（3）賮。如，夆叔盤（《集成》10163）作 。
（4）豐。如，毛叔盤（《集成》10145）作 。（5）豔。如，齊縈姬盤（《集
成》10147）作 。（6）昌。如，薛侯匜（《集成》10263）作 。（7）豐。
如，庚兒鼎（《集成》2715）作 。（8）昌。如，伯其父慶簠（《集成》4581）
作 ，所從「眉」爲聲符。（9）頯。如，邾公孫班鎛（《集成》140）作 。
（10）䁵。如，黿公華鐘（《集成》245）作 。以上諸異構，基本構件有定，
構件多少的不同及分佈位置的不同形成諸異構字。

192. 減—灡

人名「者灡」，者灡鐘八（《集成》200）作 ；者灡鐘二（《集成》194）

作 。

193. 矞—邊

上鄀府簠蓋（《集成》4613）:「擇其吉金，鑄其 簠。」；相同辭例，王子午鼎器（《通鑑》1894）作 ，從辵。

194. 瀕—瓶

瀕，唐子仲瀕兒盤（《新收》1210）作 ，唐子仲瀕兒匜（《新收》1209）作 。

195. 永—羕

永，陳大喪史仲高鐘（《集成》354）作 ；杞伯每刃鼎（《集成》2495）作 。

196. 冶—刅

冶，蘇冶妊鼎（《集成》2526）作 ；上洛左庫戈（《新收》1183）作 。

197. 虘—敔

繛鎛（《集成》271）:「保虘（吾）兄弟。」作 ；沇兒鎛（《集成》203）:「敔（吾）以宴以喜。」作 ，從攴。曹𪓵尋員劍（《新收》1241）作「攻 王」；者瀘鐘一（《集成》193）作「工 王」，從攴。

198. 至—𡊄—㚄

至，戎生鐘乙（《新收》1614）作 ；鄰諮尹征城（《集成》425）作 ；𢽰鎛乙（《新收》490）作 ，增構件「口」。

199. 聖—𦔻—聅—𦕉—𦕋

聖，曾伯霖簠（《集成》4631）作 ；上曾太子般殷鼎（《集成》2750）作 ，構件「口」和「耳」重合，並劃性簡體；𥳑叔之仲子平鐘己（《集成》177）作 ，增「口」形構件，與「至」字異構「㚄」情形相同；洹子孟姜壺（《集成》9729）作 ，增構件「生」，應為聲符，「生」、「聖」古音皆在耕部；洹子孟姜壺（《集成》9730）作 ，構件分佈位置左右不同。

200. 瓺—敭

《說文》「揚」，春秋金文不見，寫作以下形體：戎生鐘丙（《新收》1615）作 ，從玉，從廾，易聲；郳公鈍鐘（《集成》102）作 ，從玉，從攴，易省聲。

201. 姓—性

姓，羅兒匜（《新收》1266）作 ；鱻鎛（《集成》271）作 。

202. 姬—敃

姬，干氏叔子盤（《集成》10131）作 ，此形 30 見；秦公鎛乙（《集成》268）作 ，此形 49 見。

203. 婦—歔—嫭

婦，晉公盆（《集成》10342）作 ，此形 5 見；宗婦鄁嬰簋蓋（《集成》4076）作 ，此形 23 見；復公仲簋蓋（《集成》4128）作 ，此形 1 見。

204. 妊—妦

妊，春秋金文有兩種寫法：蘇冶妊盤（《集成》10118）作 ；鑄公簠蓋（《集成》4574）作 。

205. 姑—故

姑，姑馮昏同之子句鑃（《集成》424）作 ；姑發者反之子通劍（《新收》1111）作 。

206. 威—娍—戔

威，《說文》小篆「从女，从戌」；王孫遺者鐘（《集成》261）作 ，从女，从戌；王孫誥鐘五（《新收》422）作 ，从女，从戈。「戌」、「戌」、「戈」互代，或者是義近兼形近互代，或者是全形與省體關係，上舉「歲」的異構情形與此相同；蔡侯韻尊（《集成》6010）作 ，从戈，妥聲。

207. 嬬—敺

姪，齊縈姬盤（《集成》10147）作 ；晉公盆（《集成》10342）作 。

208. 改—妃

改，夆叔盤（《集成》10163）作 ；蘇冶妊盤（《集成》10118）作 。

209. 始—奴

始，鼄子鼎（《通鑑》2382）作 ；弗奴父鼎（《集成》2589）作 ，聲符替換。

210. 好—孜

好，伯辰鼎（《集成》2652）作 ；遣冗鐘三（《新收》1253）作 。

211. 嬰—晏

嬰，王子嬰次鐘（《集成》52）作 ；王子嬰次爐（《集成》10386）作 。

212. 媿—鬽

媿，芮子仲殷鼎（《集成》2517）作 ；園君婦媿霝壺（《通鑑》12349）作 。

213. 嫨—敄

嫨，杞伯每刅簋蓋（《集成》3898）作 ；杞伯每刅簋器（《集成》3898）作 。

214. 嫡—敵女—媦—敵—妳

嫡，王子申盞（《集成》4643）作 ；郜公簠蓋（《集成》4569）作 ；楚季咩盤（《集成》10125）作 ；上郜公簠器（《新收》401）作 ，累增聲符「日」；鄦侯少子簋（《集成》4152）作 ，从尔。

215. 媵—媵貝

媵，匜君壺（《集成》9680）作 ；蔡侯麟缶（《集成》10004）作 ，受「贈」字影響而从「貝」。

216. 戈—錢—戈金

戈，虢太子元徒戈（《集成》11116）作 ；成陽辛城里戈（《集成》11155）作 ；司馬聖戈（《集成》11131）作 ；增義符「金」。

217. 肇—戊

肇，魯司徒仲齊盨乙器（《集成》4441）作 ；芮子仲殷鼎（《通鑑》2363）作 ，省體。

218. 戟—戎—犍—戟

戟，以鄧戟（《新收》408）作 ，从軑，从戈；鄅子受戟（《新收》524）作 ，丰聲，从戈；童麗公柏戟（《通鑑》17314）作 ，从戈，建聲；滕侯吳戈（《集成》11123）作 ，从戈，各聲。聲符不同。

219. 乍—攸

乍，自鐘（《集成》7）作 ；郘王蓓劍（《集成》11611）作 ，始見於春秋晚期。

220. 盉—鉈—䤈—鎝—盚—盟—䀊

《說文》小篆「匜」，春秋金文不見，寫作以下形體：鄭大內史叔上匜（《集成》10281）作〔字形〕，從皿；陳伯元匜（《集成》10267）作〔字形〕，從金；弋伯匜（《集成》10246）作〔字形〕；滕太宰得匜（《新收》1733）作〔字形〕，從金，從皿；蔡叔季之孫䛅匜（《集成》10284）作〔字形〕，從升，從皿。各形體聲符相同，異構由所選義符不同造成。工吳季生匜（《集成》10212）：「工䝿（吳）季生乍（作）其滥會〔字形〕。」從皿，與聲，聲符替換。唐子仲瀕兒匜《新收》1209）作〔字形〕，從升，與聲。聲符形符皆替換。

221. 彊—䵼

彊，彭子仲盆蓋（《集成》10340）作〔字形〕；矩甗（《通鑑》3302）作〔字形〕。

222. 發—弢

發，工䝿太子姑發䣄反劍（《集成》11718）作〔字形〕；鼄叔之仲子平鐘丙（《集成》174）作〔字形〕。

223. 孫—紒—孨

孫，告仲之孫簠（《集成》4120）作〔字形〕，此形最常見；虎臣子組鬲（《集成》661）作〔字形〕，從構件書寫方向可知非整體反書。䣄討鼎（《集成》2426）：「子子〔字形〕永保用。」戴家祥《金文大字典》：「孨當爲孫字異體，從屮與從系同義，皆本繫屬之義。」〔註13〕

224. 紳—䌞

紳，申五氏孫矩甗（《新收》970）作〔字形〕；蔡侯䌞行戈（《集成》11140）作〔字形〕。

225. 組—䌒

組，虢季氏子組鬲（《集成》662）作〔字形〕；虎臣子組鬲（《集成》661）作〔字形〕。

226. 綊—帑

綊，戎生鐘丁（《新收》1616）作〔字形〕；繁伯武君鬲（《新收》1319）作〔字形〕，從巾。

〔註13〕　戴家祥主編，《金文大字典》，上海，學林出版社，1995年，第814頁。

227. 彝—鐆—猵—遟

彝，芮伯壺蓋（《集成》9585）作 ；鄔子受鐘辛（《新收》511）作 ，增義符「金」；競之定豆甲（《通鑑》6146）作 ，從犬，從丌；王子午鼎（《新收》445）增義符「辵」作 ，器名修飾語「鬻」見於數器，此處也增「辵」作 。此二字增「辵」，唯見於王子午諸鼎，應是一種異構形體。

228. 鈴—鉻

秦公鐘乙（《集成》263）作 ，令聲；鉻鎛（《集成》271）作 ，命聲。

229. 坪—壯

坪，競平王之定鐘（《集成》37）作 ；臧孫鐘丁（《集成》96）作 。

230. 均—均

均，蔡侯龘歌鐘乙（《集成》211）作 ，從勻；鈘鎛甲（《新收》489）作 ，從古文「旬」。

231. 城—壂—戫

城，武城戈（《集成》10900）作 ；成陽辛城里戈（《集成》11155）作 ；武城戈（《集成》11024）作 ，從古文墉。

232. 釐—釐—蘆

釐，秦公鎛甲（《集成》267）作 ；者瀊鐘三（《集成》195）作 ，增聲符「子」；芮伯壺蓋（《集成》9585）作 ，省體。

233. 畯—眈

畯，秦公鎛甲（《集成》267）作 ；秦公簋器（《集成》4315）作 。

234. 畺—疆—彊

疆，伯亞臣纚（《集成》9974）作 ；秦公簋器（《集成》4315）作 ，從土，彊聲；庚兒鼎（《集成》2715）作 。

235. 勇—戜—恿

勇，中央勇矛（《集成》11566）作 ，從力；鄭戜句父鼎（《集成》2520）作 ，從戈；恿公戈（《集成》11280）作 ，從心。

236. 龤—旪

協，秦公鐘甲（《集成》262）作 ；晉公盆（《集成》10342）作 。《說

文》：「旪，古文協。从日、十。」

237. 錫—賜

錫，曾伯黍簠蓋（《集成》4632）作；曾伯黍簠（《集成》4631）作，從構件「金」的書寫，可知該字不是整體反書。

238. 𨰲—𨮯—𨰥—𨱂—𨱈—𨱊—𨱋—𨱌—𨮆—𨮟—𨮰—𨯎—𨯤—𨰰—𤎩—𤓑—𤑶—𤒻—𨱃—𤑇—𨮮—𨰡—戜—灵

鑄，春秋金文寫法多種：（1）𨰲。如，芮公鼎（《集成》2475）作，此形最常見。（2）𨮯。如，秦公鼎乙（《新收》1339）作，增聲符。（3）𨰥。如，鑄子叔黑臣鼎（《集成》2587），增義符「金」。（4）𨱂。如，鑄公簠蓋（《集成》4574）作。（5）𨱈。如，鑄子叔黑臣盨（《通鑑》5666）作，从升。（6）𨱊。如，取膚上子商匜（《集成》10253）作。（7）𨱋。如，荊公孫敦（《通鑑》6070）作。（8）𨱌。如，曾子斿鼎（《集成》2757）作。（9）𨮆。如，哀成叔鼎（《集成》2782）作。（10）𨮟。如，秦公鼎（《新收》1337）作。（11）𨮰。如，邿姑逐母鬲（《集成》596）作。（12）𨯎。如，鑄叔皮父簋（《集成》4127）作。（13）𨯤。如，秦公簋乙（《通鑑》4904）作。（14）𨰰。如，上鄀公簠蓋（《新收》401）作。（15）𤎩。如，鼄山奢淲簠蓋（《集成》4539）作。（16）𤓑。如，宜桐盂（《集成》10320）作。（17）𤑶。如，微乘簠（《集成》4486）作。（18）𤒻。如，者尚餘卑盤（《集成》10165）作。（19）𨱃。如，鼄山旅虎簠器（《集成》4541）作。（20）𤑇。吳王夫差盉（《新收》1475）作。（21）𨮮。如，芮太子鼎（《集成》2448）作。（22）𨰡。如，余贎逐兒鐘乙（《集成》184）作。（23）戜。如，王子反戈（《集成》11122）作。（24）灵。蔡大司馬燮盤（《通鑑》14498）作。

形體雖多，但基本構件有定，異構由構件的增省產生。

239. 鍾—銿—鐘

鍾，郏君鐘（《集成》50）作；洹子孟姜壺（《集成》9730）作。簹叔之仲子平鐘丁（《集成》175）作，从東。

240. 鎬—鑰

鎬，曾伯陭壺器（《集成》9712）作；鄧子午鼎（《集成》2253）作，

增構件「皿」。

241. 鈴—𥂡—鎾

鈴，楚大師登鐘庚（《通鑑》15511）作 ；楚大師登鐘丙（《通鑑》15507）作 ；郳君鐘（《集成》50）作 ，聲符替換。

242. 鐘—鈺—鐘—韃

鐘，秦公鎛甲（《集成》267）作 ；秦公鐘戊（《集成》266）作 ；邵鸑鐘二（《集成》226）作 ；曾侯子鎛甲（《通鑑》15762）：「隹（唯）王正月初吉丁亥，曾厌（侯）子羃（擇）其吉金，自乍（作）行 。」「鐘」的聲符，西周金文分佈於字形右部者占字頻的 76.74%，至春秋時期占 81.48%。「鎛」字，除了《通鑑》所釋的四件曾侯子鎛中的「韃」，春秋金文共 5 見，皆作「鎛」，聲符皆分佈於右部。據此，「鎛」「鐘」二字在春秋時期聲符分佈於字形右部已經是極大的可能，因此，四件曾侯子鎛中的「韃」字中的「童」應是聲符，構形爲：從鎛省，童聲，是「鐘」的異構。

243. 錞—鎬—畗

錞，滕侯吳敦（《集成》4635）作 ，從金，從𩰎；隝公冑敦（《集成》4641）作 ；荊公孫敦（《通鑑》6070）作 。

244. 鏐—鍐

鏐，黿公華鐘（《集成》245）作 ；篖叔之仲子平鐘甲（《集成》172）作 。

245. 鍴—鎾

鍴，篖叔之仲子平鐘甲（《集成》172）作 ；篖叔之仲子平鐘丙（《集成》174）作 。

246. 鍘—唪

蔡太史卮（《集成》10356）作 ；哀成叔卮（《集成》4650）作 。

247. 鏽—髊

鏽，黿公華鐘（《集成》245）作 ；篖叔之仲子平鐘戊（《集成》176）作 。

248. 虎—麤

《說文》所收「処」，春秋金文不見，工𪉆太子姑發𦥑反劍（《集成》11718）

作 ，从几，虍聲，是《說文》或體的省體；郑君鐘（《集成》50）作 ，從鹿，从几。「鹿」與「虍」古音相去甚遠，不是音同、音近構件互代，應屬於義近、形近構件互代。

249. 陽—隍—塏—陽

陽，敬事天王鐘乙（《集成》74）作 ；平陽高馬里戈（《集成》11156）作 ，增構件「土」；陽飤生匜（《集成》10227）作 ，从二「土」，「昜」省聲；成陽辛城里戈（《集成》11154）作 ，增構件「山」。

250. 陳—墜

陳，陳卯戈（《集成》11034）作 ；陳爾徒戈（《通鑑》16896）作 ，增構件「土」。

251. 四—三

四，王孫誥鐘二十四（《新收》440）作 ；鄙子受鎛庚（《新收》519）作 。

252. 萬—勱—墓

萬，魯大司徒厚氏元簠蓋（《集成》4690）作 ；宋君夫人鼎（《通鑑》2343）作 ，增構件「土」；伯亞臣鑐（《集成》9974）作 ，增構件「月」，應為聲符。「月」疑母月部，「萬」明母元部。

253. 獸—燿

獸，鄴司寇獸鼎（《集成》2474）作 ；王子午鼎（《集成》2811）作 。

254. 異—諆

經傳國名「紀」，春秋金文寫作以下形體：異伯子宬父盨（《集成》4443）器蓋同銘，蓋作 。鄧子仲無忌戈（《新收》1234）有 ，辭例為：「鄧子中（仲）無諆（忌）之用戈。」應為「異」之異構，用為「忌」。

255. 辥—耤

辥，宗婦鄁嬰簋（《集成》4077）作 ；楚大師登鐘丁（《通鑑》15508）作 。

256. 辭 —衟

辭，春秋金文作以下二形：魯司徒仲齊盨甲蓋（《集成》4440）作 ；大司馬孛朮簠蓋（《集成》4505）作 ，增構件「彳」。

257. 季—秆

季，春秋金文多作上下結構，如宋公縊簠（《集成》4590）作 ；欒書缶（《集成》10008）蓋器皆作左右結構，如，器作 。

258. 孟—盈

孟，陳侯簠（《集成》4607）作 ，此形最常見；鑄公簠蓋（《集成》4574）作 。《說文》：「孟，長也。从子，皿聲。 ，古文孟。」「孟」於古文形體增加聲符「皿」。

259. 羞—羊

羞，子犯鐘乙 D（《新收》1023）作 ；魯伯愈父鬲（《集成》694）作 。

260. 申—㠯

戴叔朕鼎（《集成》2692）：「隹（唯）八月初吉庚 。」曾子原彝簠（《集成》4573）：「隹（唯）九月初吉庚 。」

261. 弇—舁—隣—㸚—鹽—陋—隫

「尊+器物名」爲金文常見文例。尊，仲姜壺（《通鑑》12333）作 ；仲姜簠（《通鑑》4056）作 ，增二「手」；叔牙父鬲（《集成》674）作 ，增「阜」；仲姜鼎（《通鑑》2361）作 ，構件位置不同；佣尊缶蓋（《集成》9988）作 ，增構件「皿」，應爲器物名專字。曾仲姬壺（《通鑑》12329）：「曾中（仲）姬之 壺。」從辭例看，字應爲「尊」；從字形看，與「醫」字《說文》古文 、金文 構形極爲相類。「醫」與「尊」古音相去甚遠，不大可能是同音假借。

262. 羕—羏

翔，黿羏白鼎（《集成》2640）作 ；黿羏白鼎（《集成》2641）作 。

263. 猷—犞

王孫誥鐘一（《新收》418）作 ，王子午鼎（《新收》449）作 。

264. 捧—䦛

見第三章構件未定位單字例第 101。

265. 從—𨒅

見第三章構件未定位單字例第 100。

第四節　春秋金文異構字的構形差異

春秋金文中的異構字，有的是承自更早期的古文字，有的是在文字的發展過程中產生的，不論其產生的原因和過程，從靜態的表面現象看，其構形差異包括以下幾類：

一、參構的形符或義符的數量多少不同

一個字的諸異體有某些構件相同，其不同在於一種寫法比另一種寫法多某個或某些形符或義符，包括在不同的結構層次上。如：「祐」的異構「祐」的「宀」，處於結構的最高層，「陳」的異構「陳」的「土」處於結構的最底層。此類型有 111 組。

1	祐-祐	23	僕-僕	45	嘉-嘉
2	福-福	24	罘-穀-鑄	46	盂-鉦-鉦
3	且-曼-祖-祖	25	鬲-盦-鬻-鬻-塱	47	臣-臣
4	萱-昔	26	友-昚	48	盅-盅
5	莫-莒	27	肅-謙	49	盧-糧
6	曾-尚	28	卸-嗽	50	咮-鑒
7	公-倉	29	啓-攺	51	盠-囚
8	命-皷	30	陳-陳	52	餻-饗
9	召-醬-醬	31	醴-醴	53	會-遭
10	走-徏	32	教-孝	54	缶-匼-鉈-罐
11	登-昪-舉	33	自-㠯	55	鉳-鑑
12	戔-戔	34	鳴-鴷	56	師-自
13	艁-遳-廱	35	畢-畢	57	齟-齟
14	造-竈	36	鑰-鐵	58	游-斿-遊
15	遷-屍	37	亯-亯-饗	59	旅-遊-鞏
16	後-妥	38	毀-盥	60	善-辯
17	御-卸	39	丌-其-畀-期	61	鼎-鑪
18	建-建	40	差-秊-輊	62	鼒-鑪
19	衛-衛	41	工-工	63	鑫-鑫-森-鑫
20	器-器	42	巨-虹	64	梁-粉
21	璧-璧	43	于-亐	65	望-皇
22	世-芚	44	平-虓	66	寶-寶-宄-宄-宄

67	寀-鈝	85	嫡-媥	99	陽-陽-陽
68	佫-欲	86	戈-鈛	100	萬-勸-蘍
69	嗇-嗇-嗇-嗇-嗇	87	肇-戌	101	衛-衡
70	先-兟	88	豐-賣-豐-豐-豐-豐-豐-頎	102	羞-羕
71	鹽-鹽			103	鼻-鼻-隍-隍
72	備-傭	89	乍-攸	104	鐘-鑮
73	遏-旻	90	盅-醢	105	至-至
74	窒-竅	91	鉈-鎰	106	邊-邊
75	陳-陞	92	鑑-匜	107	厲-厲
76	夷-臺	93	鬴-鬴	108	鐈-鑑
77	齻-齻	94	彝-彝-遵	109	泆-盜
78	壺-靠-殼	95	畺-疆	110	減-瀻
79	憲-害	96	鹽-鹽-鹽-鹽-鹽-鹽-鹽-盦-鬵-豊-燿-鑘-鑘-鬵	111	粬-緩
80	徧-遍				
81	永-氶				
82	虜-戲	97	盥-盥-鬵-盆-炅-燃-盅		
83	婦-嬦				
84	嬰-晏	98	娍-戜		

二、一種寫法比另一種寫法多某些符號

就春秋金文實際看，主要是類似「口」形的構件。有 13 組。

1	樊-樊	6	聖-罟	10	鏺-鐕
2	遙-遙	7	御-御	11	青-靑
3	與-礜	8	獻-唉	12	攻-攺
4	鼓-敄	9	嗇-嗇	13	至-㠯
5	邊-邊				

三、一種寫法比另一種多聲符構件

1	絲-鑾	6	朏-韒	11	兄-竞
2	鼙-龖	7	賣-寶	12	逸-僑
3	樊-樊	8	罟-罿	13	盥-盥
4	鄰-鄰	9	鼕-鼟	14	盦-盦
5	窑-籓	10	發-戏	15	窑-窨

四、構字方式相同，部分構件相同，部分構件不同

如：「萺」與「菁」，皆爲形聲字，且主要構件相同，不同在於一個從日，一個從月。「諅」與「謀」，前一形以「其」爲聲符，後一形以「碁」爲聲符。有的將此類稱「構件的替換」。此類共有 121 組。

1	祭-祭	28	宣-富	56	譻-伖
2	祈-旂	29	樂-樊	57	蘆-瀘
3	會-合	30	獻-獻	58	殹-䟱
4	皇-皇	31	猷-猷	59	邨-叟
5	趄-逗	32	煌-皝	60	啓-咎
6	靳-新	33	奢-奓	61	整-整
7	斳-悊	34	悠-睿	62	歠-戠
8	曶-曶	35	忘-惺	63	致-敊
9	孟-盂	36	彝-獵	64	魯-魯
10	趄-趨	37	綸-綸	65	者-者-者
11	卿-卿	38	均-坮	66	旂-蘆
12	邁-偒-蘯	39	城-蛾	67	老-耂
13	徒-仕	40	四-三	68	竈-䰠-窯
14	延-征	41	障-陌-隚	69	孝-養-饔
15	造-艁-錯-艁-賭-敊-窖-窖	42	萺-菁	70	舣-叙
		43	歲-戉-歲-肕	71	冶-羽
16	通-迵	44	薦-蘿-盧	72	盅-盟-畀
17	世-斯	45	還-環	73	忌-愛
18	樊-樊	46	追-徇	74	姓-住
19	鞏-鞏	47	佫-欲	75	威-娍
20	鑐-醬	48	衛-衍	76	台-姒
21	虔-虜	49	迆-翌	77	畯-眈
22	盥-盥	50	德遆-徱-譓	78	勇-賊-惪
23	臣-匿-匜-匷	51	歫-遮	79	矮-昔
24	盅-盈	52	乘-乗	80	虎-麂
25	甗-顠	53	盤-盤-醯	81	盟-畀
26	飤-饔	54	國-或-郼	82	盟-㮂-㮂
27	鈚-戙-临	55	嘖-韼	83	游-遊-斿

84	期-萁	96	遹-衞	109	豫-蟸
85	諆-諅	97	衛-衞	110	舍-會
86	盟-㮣-㮣	98	穌-酥	111	瀾-鹽
87	鼒-鼏	99	鄑-猷	112	嬭-妳
88	鼀-盞	100	瘖-瘂-瘖	113	媵-媵
89	稻-稻	101	毀-飤	114	戟-媢-戟
90	季-禾-秊-秎-禿	102	其-𦥑	115	盅-鉈
91	寶-寚-寚-寚-寚-賓-俘	103	左-右	116	孫-𡥀
		104	賣-襃-𤔔-㝉	117	綠-綿
92	宇-窕	105	差-若	118	鍾-鈼
93	彶-返	106	旨-𦣻	119	籤-鹼
94	後-遂	107	謁-剮	120	錞-鑃
95	逿-遝-復	108	府-庅-宎	121	陽-塲

五、構字方式不同，構件不同

如，釁，會意字，春秋金文有異構作 「盬」，從皿，眉聲。盟，會意字，異構「盠」，從水，從皿，喬聲。此類共有 6 組。

1	釁-盬	3	盟-盠	5	戟-戟
2	盠-盠	4	盟-盤	6	申-𢀠

六、全形與省體的不同

這裡的「省體」是指截除原形的一部分得到的異體，不考慮其構形的理據性，是將原字形看做一個抽象整體截去一部分。春秋金文中有些字從表面看無法解釋其構形，如 ，實際是 截除了構件「人」而得。許慎在《說文》中用「從某省」或「某省聲」機制解釋某些字的構形。如，《說文》：「茸，艸茸茸兒。從艸，聰省聲。」用許慎的「省」機制解釋此類字：玨，從玉，保省聲；厈，從广省，斤聲。目前，有的字全形尚未能見到，如「鐘」（曾侯子鑄甲《通鑑》15762），應是「從鑄省，童聲。」此類共有 22 組。

1	旂-斤	4	鼎-貞	7	鼏-𦥑
2	旝-𤫣	5	保-呆	8	禦-覩
3	盟-㮣	6	鼄-盠	9	喜-壴

10	季-禾	15	陝-斁	19	嘉-劫
11	旂-旛	16	毁-臱	20	嶺-賣
12	俞-仚	17	侹-廷	21	X-轟
13	嬭-姝	18	穆-眯	22	初-衣
14	歔-致				

七、一形為另一形的並劃性簡體

有 3 組：聖-呈、遊-迖、徛-徺。

八、構件相同，構件分佈的位置不同

此類共 99 組，見第三章構件未定位單字。

還有些字，含有兩種以上情形。如，「陽」的異構「飄」和「敭」，構件不同，構件分佈位置不同。「虜」的異構「鬭」，構件不同，構件數量不同。「御」的異構「致」、「逪」、「娶」，構件不同，構件數量不同等。

第五節　春秋金文新增異構字

就目前所見資料看，以上所列 763 個形體中，春秋時期新產生的 352 個，有 322 個可以推斷其形體產生方式，大致分為以下幾種：1.就原字增加形符或義符，共 95 字。2.就原字增加聲符，共 12 字。3.就原字增加某種符號，共 11 字。4.就原字減省形符或義符，共 19 字。5.替換形符或義符，共 81 字。6.替換聲符，共 20 字。7.聲符和形符全部替換，1 字。8.形近相關構件替代，共 4 字。9.截除原形的一部分，共 14 字。10.採用不同的構形方式構字，共 6 字。11.改變構件分佈位置，共 59 字。

一、就原字增加形符或義符

如，《說文》「游」，從商代到西周晚期，寫作 （中斿父鼎《集成》2373）。春秋早期新產生字形 （曾侯仲子游父鼎《集成》2423），在西周的第一形上增構件「彳」；春秋中期新產生 （伯遊父纏《通鑑》14009），在春秋早期形體上增「止」而成從「辵」，我們統一稱為「辵」替換「彳」而成。春秋晚期新產生 （簷叔之仲子平鐘甲《集成》172），即《說文》小篆所本。從字形的先後變化過程看，此形應是在西周的字形上增構件「水」而成。春秋金文新增異構中運用此方法產生的共有 95 字，如下：窞、祖、禎、旾、皷、遘、遲、嘉、

鉦、狃、富、鑒、、医、�、簠、鑑、貟、養、酄、厰、衛、建、衞、盌、
芫、菥、僅、鐸、盄、嵩、壐、講、卲、叟、唟、游、遊、斿、遷、徚、鎧、
盤、臨、戔、森、寶、侁、厲、鵟、臺、薑、盭、靈、鬮、歓、畯、疆、錫、
、嬐、鎰、醴、鼉、饗、鼘、遵、傻、鐘、鎬、銜、筭、鹽、鑪、隍、陽、
刞、薑、隙、鴯、畀、鐵、盤、臮、毀、、、滏、濫、邊、奜、毃、軺、
鼬、醴。

二、就原字增加聲符

如，春秋中期新產生的 （鬵鎛《集成》271），是在西周晚期的  一
形體增構件「缶」而成，「缶」是聲符。此類共 12 字，如下：�、鼕、鄁、靮、
罬、燚、徛、盭、鼙、窅、簫、發。

三、就原字增加某種符號

有以下 11 字：樊、遙、礐、敂、遘、罯、蒈、鐀、靑、改、至。

四、就原字減省形符或義符

如，造，西周中期作 （嚕戈《新收》389），從宀，從又，告聲。西周
晚期有四種寫法：（頌壺《集成》9731）、（頌簋《集成》4337）、（頌
簋蓋《集成》4338），皆從宀；（師同鼎《集成》2779）。春秋早期新產生的
形體  （郳大司馬戈《集成》11206），應是西周晚期的「寤」減省「宀」而
成。這種方法形成的異構共有 19 個：旹、屵、皆、舺、頖、妾、趚、森、孕、
鋶、靈、盇、夑、瞢、爥、鼉、盥、鼏、宄。

五、替換形符或義符

如，春秋晚期新產生的  （宋公差戈《集成》11204）、（高密戈《集
成》11023），應是春秋早期  替換義符而成。無法確定產生的先後順序的將
一方用（）列出。春秋時期新產生的有 81 字：祭、斳、菁、斳、歲、戝、延、
鋯、狣、賠、通、猥、徇、襄、合、敓、陞、遷、、醴、樂、國、郮、顡、
轂、姓、娀、獮、衍、德、譿、邉、遑、復、酥、樊、毆、期、槷、槷、稻、
姝、秀、麤、梁、襄、竈、宦、宭、竇、、屵、恵、綸、孟、整、聀、戠、
鄙、、賣、斈、老、耆、饗、庉、戾、廬、盪、煌、爨、翬（翬）、刼（刧）、
瞃、畱（習）、帚、者、耆、謖、舍、畁。

六、替換聲符

如：虔，從文聲；春秋晚期新產生 ▢（吳王光鐘殘片之四十《通鑑》15402），從吝。「文」、「吝」古音皆在文部，聲符替換。又如，「稻粱」的「粱」最早見於西周晚期，寫作 ▢（鼉叔奐父盨蓋《新收》41）、▢（鼉叔奐父盨器《新收》41）、▢（伯公父簠蓋《集成》4628）、▢（伯公父簠器《集成》4628）；春秋早期始見 ▢（曾伯黍簠蓋《集成》4632）。《說文》的構形分析爲「從米，粱省聲」。「梁」字兩周金文作柒或沝，未見從木，從水，刅聲的「梁」字，故春秋早期的 ▢ 應爲從米，沝聲，屬於西周字形 ▢ 替換聲符構件而成。

此類共有 20 字：虔、忘（愶）、起（趣）、匿、區、匰、盈、臨、犍、戜、譜、齔、詞（詷）、獣、錞、耆、均、宥、盥、鬚。

七、聲符和形符全部替換

「舵」的異構「盌」。

八、形近相關構件替代

共有 4 字。御，吳王御士尹氏叔緜簠（《集成》3877）作 ▢，從缶；「寶」字聲符「缶」有時寫作「午」，如 ▢（鼔孟延盨《集成》4420）、▢（羊作父乙卣《集成》5267）、▢（楚季咩盤《集成》10125）。古音「午」與「缶」相去較遠，故不是聲符替換，是「缶」的省體。▢ 所從的「缶」，應是受「寶」字「缶」寫法的影響而產生的替代。

「處」的異構「虎」與「麂」也屬於此類。「旈」的異構「旐」，「嘼」與「單」形近替代。《段注》：「至於古文以屮爲艸字，以疋爲足字……此則非屬依聲，或因形近相借。」〔註14〕

九、截除原形的一部分

前面所列「全形與省體」的「省體」，使用的是將原字形看做一個抽象整體截去一部分。春秋時期使用這種方式新增的異構有以下 14 字：

靓、皀、數、壹、劫、寶、狂、斦、朙、呆、妦、釐、仝、送（達）。

十、採用不同的構形方式構字

有：盤、盤、怒、畜、戟、戴。

〔註14〕 段玉裁，《說文解字注》，杭州，浙江古籍出版社，1998 年，第 21 頁。

十一、改變構件分佈位置

春秋時期的新增異構字中，屬於此類的共 59 字，如下：

硆、䂞、𣅏、祄、景、旇、旇、郎、㦰、諆、與、𡘍、𥪡、𥺁、𥼽、𥻉、敵、
嫡、𤔲、𤕝、𣕼、秄、𤳰、𥬊、𥕫、矁、𤽪、𤲶、𥞵、𥧾、𥨂、具、𠍳、𠑟、
𥏍、𧴒、㠱、𥎆、𥼨、𨖬、嬉、虹、𡟬、𣪒、𦩷、膳、𦒞、𤷀、𥙅、俓、安、頸、
魂、忍、𤻲、𥼶、爓、𥣳、㿉。

還有多種方式同時使用的，如：嬰、致、𨕮、唄、𤲸等。還有目前無法確
定字形產生的先後順序而不能確定其產生過程的，如：变-發、窒-𥤩、𥻉-𤲸、
嬰-晏等。

根據以上統計，可得出：從增繁還是省簡的角度，春秋金文新增異構字中
增繁者共 118 字，省簡者共 33 字，增繁者遠遠多於省簡者。其中，增形符或義
符者 95 字，增聲符者 12 字，增區別性符號者 11 字，增形符或義符者遠遠多於
增聲符者。從增加構件還是替換構件的角度，增加構件者略多於替換構件者。
在替換構件一類中，替換形符或義符者遠遠多於替換聲符者。

第六節　春秋金文異構產生的動因

一、漢字發展的基本規律的作用

漢字發展的基本規律對漢字系統的作用是產生異構的動因之一。張再興先
生曾提出過類似的觀點。他將西周金文的異體（即本研究中所說的異構）分為
三個層次，其中之一是「體現文字系統形體演變規律的異體」，並說：「這種規
律有類化、簡化、繁化、形聲化等。」〔註15〕

「求簡易」與「求區別」是持續作用於漢字系統的兩大基本規律。王寧先
生指出，漢字職能的發揮，由書寫和辨認兩個環節合成。書寫要求字符簡易，
辨認要求字符所攜帶的信息量大，區別度大，漢字就在這兩種力量的共同作用
下，不斷對個體符形進行調整，尋求簡繁適度的優化造型。〔註16〕「求簡易」
的手段是刪減構件或筆畫，其結果是簡化；「求區別」的手段是增加構件，其結

〔註15〕　張再興，《西周金文文字系統論》，上海，華東師範大學出版社，2006 年，第
47 頁。

〔註16〕　王寧，《漢字構形學講座》，上海，上海教育出版社，2002 年，第 6 頁。

果是繁化。從春秋時期產生的異構構形特點統計結果看，春秋時期文字系統「求區別」的趨勢遠遠大於「求簡易」的趨勢。除了「求區別」這一動因外，還有一種是漢字的「形聲化」規律。

「形聲結構是漢字個體構形求區別與求簡易的最完美的結合。」〔註 17〕「漢字發展的總趨勢是形聲化。」〔註 18〕在形聲化的過程中，有一部分新產生的形聲字與源字在一定時期內形成異構關係。李國英先生的《小篆形聲字研究》將形聲字分爲強化形聲字和分化形聲字。強化形聲字是「增加意義或聲音信息以強化它的標詞功能的形聲字」〔註 19〕，這種強化形聲字與源字在一定的時間裏是並用的，在這段時間裏二者爲共時異構關係。春秋金文中的異構有一部分就來自這種形聲化的過程。如，「戈」與「鈛」、「乍」與「复」等。這種類型的異構字，增加義符在使源字形聲化的同時也在形體上進入了某一大類別，使其在系統中能夠以類相從，提高一個文字系統形體的歸納性。從這個角度，這個過程也叫類化。被增加義符的源字可以是獨體的象形字，如「戈」；也可以是合體的會意字，如「器」；也可以是形聲字，如「障」。「障」本爲形聲結構，增義符「皿」，源字「障」退居爲標音構件，新字仍爲形聲結構。前人所謂「累加義符」即指此類。楊樹達在《積微居金文餘說・自序》中指出純象形字發展爲形聲字的第一步爲「於純象形字旁加義旁」，並以「鬲」首先發展爲「甗」爲例〔註 20〕，講的就是這種形聲化過程中的第一種情況。《說文》所收重文中有一部分就是某字和加形旁標類後仍爲一字的，如「畫」和「劃」、「术」和「秫」、「哥」和「謌」。以上所舉皆爲增加意義信息從而形聲化的情形。

形聲化的另一途徑是於源字增加聲音信息。春秋金文的異構字中部分產生於這一途徑。源字可以是象形字，如「兄」增聲符產生「膗」；也可以是會意字，如「盥」增聲符產生「盬」；「般」增聲符產生「磐」等。也可以是形聲字，如「郊」增聲符產生「鄁」。

〔註17〕　李國英，《小篆形聲字研究》，北京，北京師範大學出版社，1996 年，第 79 頁。

〔註18〕　林澐，《古文字研究簡論》，長春，吉林大學出版社，1986 年，第 35 頁。

〔註19〕　李國英，《小篆形聲字研究》，北京，北京師範大學出版社，1996 年，第 11 頁。

〔註20〕　楊樹達，《積微居金文說》（增訂本），北京，中華書局，1997 年，第 177 頁。

二、同化作用

在語音學裏，當音位進行組合而獲得具體體現形式時，可能會發生某些變化，這種現象叫做語流音變。其表現之一是，語流裏兩個不同的音，其中一個因受另一個的影響而變得跟它相同或相似，這種現象語音學上稱爲「同化」〔註21〕。同化這個規律也作用於文字流中，產生的結果就是一個字受相鄰字的影響而增加或替換與相鄰字相同或相似的構件，從而產生新的異構字。「年」的異構「秊」，共 4 見：番口伯者君匜（《集成》10268）：「其〔圖〕〔圖〕子子孫永寶用享。」番口伯者君匜（《集成》10269）：「其〔圖〕〔圖〕子子孫永寶用享。」番口伯者君盤（《集成》10139）：「其〔圖〕〔圖〕子孫永寶用享。」番仲口匜（《集成》10258）：「其〔圖〕〔圖〕子子孫孫永寶用享。」「年」字下部一筆是受前一字「萬」的影響而同化。

三、方言的影響

某些音並不完全相同的聲符相替換產生異構，可能是由方音的不同導致的地域性形體。還有一些比較特殊的寫法，也可能是方言因素的影響。

四、個人因素

「異體字的產生是文字使用者的群眾性行爲。因而，文字使用越是普及，異體字也就越多。」〔註22〕在一個文字系統構件未定位之前，構件易置產生的異體，多數由個人的書寫習慣造成，這是文字不定形的表現之一。

〔註21〕 胡明揚，《語言學概論》，北京，語文出版社，2000 年，第 72 頁。

〔註22〕 林澐，《古文字研究簡論》，長春，吉林大學出版社，1986 年，第 102 頁。

第五章　春秋金文通假現象研究

第一節　引　言

　　本書所研究的「通假」，是指春秋金文中各有專字的同音代用現象。所謂各有專字，是指使用借字時，專字已經產生，或見於春秋及以前的金文，或見於春秋及以前的其他出土古文字資料如甲骨文、石鼓文等。不包括「六書」中「本無其字」的假借。本章從用字的角度考察春秋金文文字系統的特徵，對「通用」和「假借」不再作區分。

　　「通假」是古代文獻用字的一個重要現象。研究某一漢字系統中的通假現象，可以認識該文字系統用字狀況的一個方面。前輩學者對通假現象的研究，多以傳世文獻爲材料，反映的是傳世文獻的用字情況，如清代朱駿聲的《說文通訓定聲》、王念孫的《廣雅疏證》、高亨的《古字通假會典》等。前賢治金文者，則多將其功力用於通假字的考訂。以出土先秦金文資料爲材料，全面研究整理通假現象的成果，首先是錢玄先生的《金文通借釋例》三篇〔註1〕。錢先生的研究對象爲先秦金文，其「通借」的範圍包括本無其字的假借和本有其字的通假。稍後有全廣鎮《兩周金文通假字研究》〔註2〕。該著作對 1989 年之前出

〔註 1〕　錢玄，「金文通借釋例（一）（二）（三）」，《南京師範大學學報》，1986 年第 2
　　　　期，第 93～112 頁。

〔註 2〕　全廣鎮，《兩周金文通假字研究》，臺北，臺灣學生書局，1989 年。

土的兩周金文中的通假字進行了通盤匯集整理，其對通假字的論定包括本無其
字的假借，時間跨度為兩周時期。王輝先生的《古文字通假字典》〔註3〕，以殷
商甲骨文至漢初簡帛文字為對象，全面總結了其中的通假現象，是出土古文字
通假現象研究的集大成者。綜上，目前對金文通假現象的研究或為個體字符的
考證，或將「六書」中本無其字的假借混合其中，或對通假的論定時間跨度較
大。針對春秋金文這一時間跨度較小的漢字系統的通假現象進行全面整理，反
映這一斷代文字系統的用字特點的研究目前尚不多見。本章在前輩學者研究成
果的基礎上，對春秋金文的通假用字進行窮盡性搜索和整理，描寫春秋金文通
假用字的特徵，反映春秋金文用字特徵的一個方面。

　　本書對通假字的判定，根據諸家較為公認的考釋成果，未徵引原文者，不
再注明出處。

第二節　春秋金文中的通假用字

　　通過窮盡性清理，春秋金文共有 103 組通假字，張玉惠先生曾提出通假字
與本字在字形上往往有聯繫〔註4〕。我們暫從外在形體關係角度，將春秋金文中
的通假用字分為以下幾類：

一、通假字與本字形體上有聯繫

又可分為四種情形：形聲字借聲符字、聲符字借形聲字、聲符相同的形聲
字相借、義符相同的形聲字相借。

（一）形聲字借聲符字

某形聲字已經產生，但使用該形聲字的聲符字代之。共有 48 組：

序號	本字	通假字	序號	本字	通假字	序號	本字	通假字	序號	本字	通假字
1	邻	余	5	鄦	無	9	唯	佳	13	考	丂
2	樊	棥	6	邵	呂	10	鋯	告	14	艅	朕
3	諻	皇	7	郕	戉	11	魾	刃	15	盛	成
4	廊	簹	8	姬	臣	12	膳	善	16	寶	缶

〔註3〕　王輝，《古文字通假字典》，北京，中華書局，2008 年。

〔註4〕　張玉惠，「論通假字與本字在字形上的聯繫」，松遼學刊，1989 年，第 4 期，
　　　　第 55 頁。

17	盅	也	25	鏽	膚	33	濫	監	41	誓	折
18	盤	般	26	鋁	呂	34	鑪	盧	42	龢	禾
19	賜	易	27	鏐	翏	35	遇	禺	43	期	其
20	律	聿	28	獸	獸	36	廷	壬	44	匜	甫
21	鍏	聿	29	祐	古	37	鎗	會	45	復	复
22	詠	永	30	福	畐	38	碏	石	46	詖	反
23	鉓	命	31	熙	巳	39	征	正	47	臧	戕
24	在	才	32	熙	配	40	嗣	司	48	嚴	厰

具體如下：

1.「余」用為「郐」

國名專用字「郐」春秋早期已見。春秋早期徐王糧鼎（《集成》2675）：「郐（徐）王糧用其良金……。」春秋早期器徐太子鼎（《集成》2652）：「余（徐）太子白……」「余」用為「郐」。或說「余」借為「徐」。「徐」為傳世經傳用字，春秋金文這一系統不見。李學勤先生曾指出，改換用字是印制時代之前古書流傳的特點之一〔註5〕。流傳至今的傳世文獻的用字，與文獻形成之初的用字不一定屬於一個系統。因此，「余借為徐」的說法，就建立出土文獻和傳世文獻的用字關係來說是妥當的，但就春秋金文漢字系統的用字關係，則應說「余」用為「郐」。第二点，「郐」為後起字，在「郐」產生之前，徐國國名用字一直是假借「余」字表示的，屬於「六書」中「本無其字」的假借。從歷時的發展過程來說，「郐」字產生之後，與曾經的「余」是一對古今區別字。但在共時的角度說，本字已經產生而用它字，我們將這種情形也歸為本有其字的通假用字。

2.「棥」用為「樊」

樊君夔盆（《集成》10329）器蓋同銘，「樊君」蓋銘用「樊」，器銘用「棥」。《說文》：「樊，鷙不行也。从𠬜，从棥，棥亦聲。」《說文》：「棥，藩也。从爻，从林。」

3.「皇」用為「諻」

形容鐘聲的專用字應為「諻」，但有時以其聲符「皇」代之。王孫誥鐘九（《新收》426）：「自作龢鐘，……元鳴孔諻。」沇兒鎛（《集成》203）：「自作龢鐘，……

<hr>

〔註5〕李學勤，《簡帛佚籍與學術史》，南昌，江西教育出版社，2001年，第34頁。

元鳴孔皇。」

4.「籐」用爲「鄱」

鄱侯少子簠（《集成》4152）：「鄱侯少子……」「鄱」當爲地名專字。籐叔之仲子平鐘（《集成》174）：「籐叔之仲子平自作……」「籐」借爲「鄱」。

5.「無」用爲「鄦」

許子妝簠（《集成》4616）：「鄦（許）子妝擇其吉金。」「鄦」爲地名本字。許伯彪戈（《集成》11134）：「無（許）白（伯）彪之用戈。」「無」借用爲「鄦」。

6.「呂」用爲「邵」

邵大叔斧（《集成》11788）：「邵大弔（叔）以新金爲（貪）車之斧。」「邵」應爲地名專字。呂大叔斧（《集成》11786）：「呂大弔（叔）時貪車之斧。」「呂」借爲「邵」。

7.「戉」用爲「邚」

「邚」爲經傳「越國」國名專用字，最早見於春秋晚期的越王句踐劍（《集成》11621）。春秋晚期的越王劍（《集成》11570），銘文爲「戉（越）王」，「戉」借爲「邚」。

8.「臣」用爲「姬」

春秋早期干氏叔子盤（《集成》10131）：「干氏弔（叔）子乍（作）中（仲）姬客母滕盤。」「姬」用本字。春秋早期黃子盤（《集成》10122）：「黃子作黃孟臣（姬）行器。」「臣」借爲「姬」。

9.「隹」用爲「唯」

作爲虛詞的「隹」本屬本無其字的借音字，加「口」旁的專用字「唯」甲骨文中已經出現（前四.二七.二）。西周至春秋金文繼承此形，如西周召卣（《集成》5416）：「唯九月才（在）……」春秋伯其父簠（《集成》4581）：「唯白（伯）其父慶乍（作）旅祐（簠）。」但自西周至春秋，表虛詞特別是句首助詞，仍習慣用「隹」。如敬事天王鐘（《集成》73）：「隹（唯）王正月初吉庚申。」這時則屬於本有其字的借用了。據統計，表示句首虛詞，西周金文用借音字「隹」者584例，用分化專用字「唯」者58例。春秋金文用「隹」211例，用「唯」14例。可見，至春秋晚期，加「口」旁寫作「唯」的分化方法，尚未被普遍承認。

10.「告」借爲「銛」

曹公子沱戈（《集成》11120）：「曹公子沱之銛（造）戈。」從春秋金文實際看，「銛」、「艁」（邾大司馬戈《集成》11206）、「敁」（曹右庭戈《集成》11070）等應爲當時「製造」義的專用字，各體之間爲異構關係。「造」成爲標示「製造」義的主流形體是在戰國金文中。司馬朢戈（《集成》11131）：「司馬朢之告戈。」衛公孫戈（《集成》11200）：「衛公孫之告戈。」「告」借爲「銛」。

11.「刅」借爲「鄈」

梁戈（《集成》10823）：「鄈。」「鄈」當爲地名專用字，經傳用「梁」。梁伯戈（《集成》11346）：「刅（梁）白（伯）乍（作）宮行元用。」《說文》無「鄈」，但以《說文》所載「梁」、「梁」皆从「刅」得聲例之，「鄈」應从「刅」得聲。此處應爲聲符字「刅」被借用爲形聲字「鄈」。或說借爲「梁」，是就經傳用字系統而言。

12.「善」用爲「膳」

齊侯作孟姜敦（《集成》4645）：「齊侯作……孟姜膳敦。」「膳」用本字。郙伯鼎（《集成》2601）：「郙白（伯）肇乍（作）孟妊善（膳）鼎。」借「善」爲「膳」。

13.「丂」用爲「考」

郘公敊鐘（《集成》59）：「皇且（祖）哀公皇考晨公。」「考」用本字。上郘公敊人簠蓋（《集成》4183）：「用享孝于乒皇且（祖），于乒皇丂（考）。」借「丂」爲「考」。

14.「朕」用爲「賸」

宋眉父鬲（《集成》601）：「宋眉父乍（作）豐子賸（媵）鬲。」「賸」用本字。《說文‧貝部》：「賸，物相增加也。从貝，朕聲。一曰：送也，副也。」鑄公簠蓋（《集成》4574）：「鑄公作孟妊車母朕簠。」「朕」借爲「賸」。

15.「成」用爲「盛」

曾伯黍簠（《集成》4631）：「用盛稻粱。」「盛」用本字。叔家父簠（《集成》4615）：「用成（盛）稻粱。」借「成」爲「盛」。

16.「缶」用爲「寶」

黃子壺（《集成》9663）：「則永祜寶。」黃子罐（《集成》9966）：「黃子

乍（作）黃甫人孟乙行器。則永祜缶（寶）。」「寶」从「缶」得聲，故可借「缶」。

17.「也」用爲「盅」

匜，春秋金文不見，作「盅」、「鉈」、「迆」、「鎠」、「盄」等，應爲器物名專用字。如，曾子伯父匜（《集成》10207）：「佳（唯）曾子白（伯）自乍（作）尊盅（匜）。」陳伯元匜（《集成》10267）：「乍（作）西孟嬀婤母媵鉈（匜）。」陳子匜（《集成》10279）：「敕（陳）子乍（作）……媵鎠（匜）。」鄭伯盤（《集成》10090）：「奠（鄭）白（伯）乍（作）盤也（匜）。」借「也」爲「盅」等。

18.「般」用爲「盤」

黃大子伯克盤（《集成》10162）：「黃大子白（伯）克乍（作）中（仲）嬴口媵（媵）盤。」「盤」用本字。魯司徒仲齊盤（《集成》10116）：「魯嗣（司）徒中（仲）齊肇乍（作）般（盤）。」「般」用爲「盤」。

19.「易」用爲「賜」

庚壺（《集成》9733）：「余以賜汝……」。「賜」用本字。邾遣簋（《集成》4040）：「用易（賜）永壽。」「易」用爲「賜」。

20.「聿」用爲「律」

「律」字已見於殷代戍鈴方彝（《集成》9894）。楚王領鐘（《集成》53）：「自乍（作）鈴鐘。其聿（律）其音。」「聿」用爲「律」。

21.「聿」用爲「鏵」

洹子孟姜壺（《集成》9730）：「鼓鐘一鏵（肆）。」「鏵」當爲表示單位的專用字。邵鐘（《集成》225）：「大鐘八聿（肆）。」「聿」用爲「鏵」。

22.「永」用爲「咏」

「咏」見於西周早期咏尊（《集成》5887），用爲人名。敬事天王鐘（《集成》73）：「自乍（作）永（咏）命（鈴）。」「永」用爲「咏」。

23.「命」用爲「鈴」

陳大喪史仲高鐘（《集成》353）：「敕（陳）大喪史中（仲）高乍（作）鈴鐘。」春秋時期，「命」、「令」二字分化尙未徹底完成，「鈴」有異構「鍣」，郘君鐘（《集成》50）：「用自乍（作）其穌鐘□鍣（鈴）。」「鈴」、「鍣」皆爲「鐘

「鈴」之「鈴」本字。敬事天王鐘（《集成》73）：「自乍（作）永（詠）命（鈴）。」借「鈴」之聲符爲之。

24.「才」用爲「在」

邾公孫班鎛（《集成》140）：「辰在乙亥。」「在」用本字。邾公牼鐘（《集成》149）：「辰才（在）乙亥。」「才」用爲「在」。《說文》：「在，存也。从土，才聲。」

25.「膚」用爲「鏽」

䢼叔之仲子平鐘（《集成》172）：「玄鏐鋪鏽。」邵鐘（《集成》225）：「玄鏐鏽鋁。」《說文》無「鏽」。邾公牼鐘（《集成》150）：「玄鏐膚（鏽）呂。」「膚」用爲「鏽」。

26.「呂」用爲「鋁」

邵鸞鐘（《集成》225）：「玄鏐鏽鋁。」「鋁」用本字。邾公牼鐘（《集成》150）：「玄鏐膚（鏽）呂（鋁）。」「呂」用爲「鋁」。

27.「翏」用爲「鏐」

邾公牼鐘（《集成》150）：「玄鏐膚（鏽）呂（鋁）。」「鏐」用本字。蔡仲戈（《集成》11136）：「蔡中（仲）玄翏（鏐）之用。」「翏」用爲「鏐」。

28.「嘼」用爲「獸」

啓卣（《集成》5410）：「王出獸南山。」「獸」用本字。《說文·嘼部》：「獸，守備者。从嘼，从犬。」邵鸞鐘（《集成》225）：「余嘼釩（執）武。」「嘼」用爲「獸」。

29.「古」用爲「祜」

30.「畐」用爲「福」

曾子伯誩鼎（《集成》2450）：「曾子白（伯）誩鑄行器，爾永祜福。」「祜」、「福」用本字。叔䃏父簠蓋（《集成》4544）：「……乍（作）行器，永古（祜）畐（福）。」「古」用爲「祜」，「畐」用爲「福」。

31.「㠯」用爲「熙」

齊侯盤（《集成》10159）：「它它熙熙。」「熙」用本字。遟邟鐘（《新收》1253）：「它它㠯（熙）㠯（熙）。」「㠯」用爲「熙」。

32.「配」用爲「熙」

齊侯盤（《集成》10159）:「它它熙熙。」「熙」用本字。齊侯作孟姜敦（《集成》4645）:「它它配（熙）配（熙）。」「配」用爲「熙」。

33.「監」用爲「鑑」

智君子鑑（《集成》10289）:「智君子之弄鑑。」「鑑」用本字。吳王夫差鑑（《集成》10294）:「吳王夫差擇氒吉金，自乍（作）御監。」「監」借爲「鑑」。

34.「盧」用爲「鑪」

西周弭仲簠（《集成》4627）有「鑪」。春秋王子嬰次盧（《集成》10386）:「王子嬰次之炭盧（鑪）。」「盧」用爲「鑪」。

35.「禺」用爲「遇」

西周晚期晉侯蘇鐘（《新收》873）有「遇」。趙孟庎壺（《集成》9678）:「禺邗王于黃池。」借「禺」爲「遇」。

36.「壬」用爲「廷」

戎生鐘（《新收》1614）:「用軌不廷方。」「廷」用本字。庚壺（《集成》9733）:「于霝（靈）公之壬（廷）。」「壬」用爲「廷」。

37.「僉」用爲「劍」

《說文》所載「劍」，春秋金文不見，寫作「鐱」，應爲當時「刀劍」本字。如，攻吳王叔戉此邲劍（《新收》1188）:「自乍（作）元用鐱（劍）。」攻敔王光劍（《集成》11654）:「攻敔王光自乍（作）用鐱（劍）。」「鐱」爲「鐱」之增繁異構。徐王義楚之元子劍（《集成》11668）:「徐王義楚之元子□擇其吉金，自乍（作）用僉（劍）。」「僉」爲「僉」之異構，借爲「鐱」。

38.「石」用爲「碩」

襄鼎（《集成》2551）:「襄自乍（作）飤碩盌。」《金文形義通解》:「碩，从鼎，石聲。」[註6] 鐘伯侵鼎（《集成》2668）:「鐘白（伯）侵自乍（作）石（碩）沱（盌）。」「石」用爲「碩」。

39.「正」用爲「征」

庚兒鼎（《集成》2715）:「用征用行。」「征」用本字。中子化盤（《集成》

[註6] 張世超等，《金文形義通解》，京都，中文出版社，1996年，第1286頁。

10137）：「中子化用保楚王，用正（征）桓（莒）。」「正」用爲「征」。

40.「司」用爲「嗣」

甲骨文有「司」無「嗣」。甲骨文「司」的用法有：表示「食」；表示「祠」；表示遍祀先公先王一周；表示神祇名等〔註7〕。表示「司馬」、「司徒」、「司寇」、「司命」這一詞義，殷商甲骨文和金文未見。在西周金文中，這一詞義近 300 處辭例全部用「嗣」字。如西周益方尊（《集成》6013）：「有嗣（司）、嗣（司）土（徒）、嗣（司）馬、嗣（司）工。」至春秋金文，用「嗣」字常見，如魯大左司徒元鼎（《集成》2593）：「魯大左嗣（司）徒元乍（作）善（膳）鼎。」也偶有用「司」者，如春秋司馬朢戈（《集成》11131）：「司馬朢之告（造）戈（戈）。」據統計，春秋用「嗣」者 33 例，用「司」者 3 例，未見用他字者。至戰國金文，用字習慣發生劇烈變化，「司徒」之「司」這一詞義共 45 處，只有一例用「嗣」，其餘皆用「司」。從自殷商至春秋的用字事實看，西周至春秋金文，「嗣」應爲記錄「司馬」、「司徒」、「司寇」、「司命」等詞的專用字，而用「司」爲臨時通用。

41.「折」用爲「誓」

誓，西周金文已見，如五祀衛鼎（《集成》2832）。春秋晚期洹子孟姜壺（《集成》9730）：「于大無嗣（司）折（誓）于大嗣（司）命。」「折」用爲「誓」。

42.「禾」用爲「龢」

子璋鐘（《集成》113）：「自乍（作）龢鐘。」「龢」用本字。邾公釛鐘（《集成》102）：「邾公釛乍（作）毕禾（龢）鐘。」借「禾」爲「龢」。

43.「其」用爲「期」

日期之「期」，西周至春秋金文多從「日」作「碁」或「具」，偶有從「月」作「期」者，皆爲「日期」之義的本字。蔡侯紐鐘（《集成》210）：「元鳴無碁。」用本字。子璋鐘（《集成》113）：「眉壽無其（期）。」「其」用爲「期」。

44.「甫」借爲「匡」

《說文》小篆「簠」，兩周金文不見，春秋時期作「匡」。如，魯大司徒厚

〔註 7〕　徐中舒，《甲骨文字典》，成都，四川辭書出版社，2003 年，第 998 頁。

氏元簋（《集成》4689）：「魯大嗣（司）土厚氏元，乍（作）善（膳）匜（簋）。」有時用「甫」代之，如，曾仲斿父簋（《集成》4673）：「曾中（仲）斿父自乍（作）寶甫（簋）。」

45.「复」用爲「復」

黃子壺（《集成》9663）：「黃子乍（作）黃父人行器，劓（則）永祜盉，霝多霝復。」黃子盤（《集成》10122）：「黃子乍（作）黃孟臣（姬）行器，劓（則）永祜祜，霝审霝復。」

46.「反」用爲「畈」

𪭁鎛乙（《新收》490）：「𪭁擇吉金，鑄其畈鐘。」𪭁鎛丙（《新收》491）：「𪭁擇吉金，鑄其反鐘。」「畈」應爲修飾鐘的專用字，𪭁鎛丙用「反」代之。

47.「戕」用爲「臧」

「臧孫鐘」之「臧」，臧孫鐘乙（《集成》94）用「臧」，臧孫鐘丁（《集成》96）用「戕」。《說文》：「臧，从臣，戕聲。」

48.「厰」用爲「嚴」

嚴，王孫誥鐘二十（《新收》433）作嚴，吳王光鐘殘片之二十二（《集成》224.2）作厰。《說文》：「嚴，从吅，厰聲。」

（二）聲符字借形聲字

某一字用以該字作聲符的形聲字表示。共18組。

序號	本字	通假字	序號	本字	通假字	序號	本字	通假字	序號	本字	通假字	序號	本字	通假字
49	乍	詐	54	以	台	59	忌	諅	64	鬲	鑘			
50	乍	酢	55	以	㠯	60	穌	蘇	65	匕	妣			
51	膚	獻	56	樂	濼	61	用	甬	66	文	吝			
52	告	徦	57	于	盱	62	各	零						
53	世	枼	58	取	趣	63	陳	敶						

具體如下：

49.「詐」用爲「乍」

「製作」義之「作」，兩周金文作「乍」。子璋鐘（《集成》113）：「自乍（作）𪭁鐘。」「乍」用本字。蔡侯尊（《集成》6010）：「用詐（作）大孟姬賸彝盨。」

「詐」用爲「乍」。《說文》：「詐，欺也。从言，乍聲。」

50.「酢」用爲「乍」

徐王義楚觶（《集成》6513）：「鵨（徐）王義楚擇余吉金，自酢（作）祭鍴。」《說文》：「酢，醶也。从酉，乍聲。」「酢」用爲「乍」。

51.「獻」用爲「鬳」

王孫壽甗（《集成》946）：「王孫壽擇其吉金，自作飤鬳（甗）。」尌仲甗（《集成》933）：「尌中（仲）乍（作）獻（甗）。」伯高父甗（《集成》938）：「奠（鄭）氏白（伯）高父乍（作）旅獻（甗）。」「獻」爲「獻」之異構。《說文》：「獻，宗廟犬名羹獻犬肥者以獻之。从犬，鬳聲。」春秋金文不見「甗」字，「獻」用爲「鬳」。庚壺（《集成》9733）：「獻于霝（靈）公之所。」「獻」用本義。

52.「徦」用爲「告」

六年召伯虎簋（《集成》4293）：「召白（伯）虎告曰。」「告」用本字。纛鎛（《集成》271）：「侯氏從徦（告）之日。」「徦」爲「造」之異構，用爲「告」。

53.「枼」用爲「世」

鄭莊公之孫盧鼎（《新收》1237）：「剌弔（叔）剌夫人，萬世用之。」「世」用本字。徐王子旃鐘（《集成》182）：「子子孫孫，萬枼（世）鼓之。」「枼」用爲「世」。《說文·木部》：「枼，楄也。从木，世聲。」

54.「台」用爲「以」

徐王子旃鐘（《集成》182）：「㠯（以）樂嘉賓倗友者（諸）臤（賢）。」「以」用本字。邾公牼鐘（《集成》149）：「台（以）宴大夫。」《說文·口部》：「台，說也。从口，以聲。」「台」用爲「以」。

55.「㠯」用爲「以」

徐王子旃鐘（《集成》182）：「㠯（以）樂嘉賓倗友者（諸）臤（賢）。」「以」用本字。薦叔之仲子平鐘（《集成》172）：「㠯（以）濼（樂）其大酉（酋）。」「㠯」用爲「以」。

56.「濼」用爲「樂」

邾公牼鐘（《集成》149）：「以樂其身。」「樂」用本字。鄘叔之仲子平鐘（《集

成》172）：「訇（以）灤（樂）其大酉（酋）。」「灤」借爲「樂」。《說文‧水部》：「灤，齊魯間水也。从水，樂聲。」

57.「盯」用爲「于」

徐王義楚觶（《集成》6513）：「用亯（享）于皇天。」「于」用本字。枤氏壺（《集成》9715）：「膚（吾）台（以）匽（宴）飲。盯（于）我室家。」「盯」借爲「于」。《說文‧目部》：「盯，張目也。从目，于聲。」

58.「趣」用爲「取」

戎生鐘（《新收》1616）：「取乓吉金。」「取」用本字。簣侯少子簋（《集成》4152）：「鄋侯少子⋯⋯丕巨合趣（取）吉金。」「趣」用爲「取」。

59.「誋」用爲「忌」

邾公牼鐘（《集成》149）：「余畢龏威（畏）忌。」「忌」用本字。鱻鎛（《集成》271）：「余心彌畏誋。」《說文‧言部》：「誋，誡也。」

60.「蘇」用爲「穌」

國名「蘇」，沒有產生專用字，從兩周金文使用頻率看，用「穌」更常見。如，蘇公子癸父甲簋（《集成》4014）：「穌公子癸父甲乍隣殷（作尊簋）。」有時用「蘇」，如，宽兒鼎（《集成》2722）：「蘇公之孫竆兒。」

61.「甬」用爲「用」

江小仲母生鼎（《集成》2391）：「江小中（仲）母生自（乍）作甬（用）鬲。」「甬」用爲「用」。

62.「零」用爲「各」

「邵各」爲金文常用語，如，逨鐘（《新收》772）：「用追孝邵各喜侃前文人。」秦公鎛（《集成》270）：「以昭零孝享。」《說文‧雨部》：「零，雨零也。从雨，各聲。」「零」用爲「各」，後世用「格」。

63.「敶」用爲「陳」

陳侯盤（《集成》10157）：「陳厌乍（侯作）王中（仲）嬀瀀母媵般（媵盤）。」「陳」用本字。陳侯壺（《集成》9633）：「敶（陳）厌（侯）乍（作）嬀櫓朕（媵）壺。」《說文‧攴部》：「敶，列也。从攴，陳聲。」「敶」用爲「陳」。

64.「纏」用爲「鬲」

薦鬲（《新收》458）：「□□□自乍（作）薦鬲，子子孫孫永保用之。」「」，隸爲纏，是「徹」的異構，銘文中用爲「鬲」。「徹」的金文異構有敵、皸、皸。「徹」月部透母，「鬲」錫部來母。

65.「吡」用爲「匕」

黝鎛甲（《新收》490）：「匕（比）者屬鹽，至者長齗。」相同辭例，黝鎛丙（《新收》491）爲「吡者屬鹽，至者長齗。」《說文》：「匕，相與比敘也。」「匕」爲本字。

66.「吝」用爲「文」

司馬枡鎛丁（《通鑑》15769）：「用亯（享）于皇祸（祖）吝（文）考。」

（三）聲符相同的形聲字借用

通假字與本字的聲符相同，也包括聲符不在同一層次的情形。共有 18 組。

序號	本字	通假字	序號	本字	通假字	序號	本字	通假字	序號	本字	通假字
67	鼁	沱	72	期	朞	77	鄰	鑾	82	虘	湯
68	賸	塍	73	梁	刜	78	雝	唯	83	熙	趑
69	期	具	74	賜	惕	79	征	政	84	諲	煌
70	期	諶	75	考	夂	80	臣	祐			
71	期	基	76	邾	黿	81	卷	盤			

具體如下：

67.「沱」用爲「鼁」

襄鼎（《集成》2551）：「襄自乍（作）飤碀鼁。」「鼁」爲本字。鐘伯侵鼎（《集成》2668）：「鐘白（伯）侵自乍（作）石（碀）沱（鼁）。」「沱」用爲「鼁」。《說文·水部》：「沱，江別流也，出岷山東，別爲沱。從水，它聲。」

68.「塍」用爲「賸」

魯伯大父作孟姬姜簋（《集成》3988）：「魯白（伯）大父乍（作）孟□姜塍（賸）簋。」「賸」用本字。《說文·貝部》：「賸，物相增加也。一日：送也，副也。」曹公簠（《集成》4593）：「曹公塍（賸）孟姬悆母匩臣（筐簠）。」《說文·土部》：「塍，稻中畦也。從土，朕聲。」「塍」用爲「賸」。

69.「㠱」用爲「期」

郑大宰簠（《集成》4623）：「萬年無㠱（期）。」「㠱」借爲「期」。《說文·己部》：「㠱，長踞也，从己，其聲。」

70.「諆」用爲「期」

王子午鼎（《集成》2811）：「萬年無諆（期）。」「諆」借爲「期」。《說文·言部》：「諆，欺也。从言，其聲。」

71.「基」用爲「期」

子璋鐘（《集成》114）：「其眉壽無基（期）。」《說文·土部》：「基，牆始也。从土，其聲。」借爲「期」。

72.「㠱」用爲「期」

乙鼎（《集成》2607）：「其眉壽無㠱（期）。」「㠱」用爲「期」。

73.「㯱」用爲「梁」

曾伯黍簠（《集成》4631）：「用盛稻梁。」「梁」用本字。叔家父簠（《集成》4615）：「用成（盛）稻㯱（梁）。」「㯱」用爲「梁」。

74.「惕」用爲「賜」

庚壺（《集成》9733）：「余台（以）賜女（汝）……」「賜」用本字。趙孟疥壺（《集成》9678）：「邗王之惕（賜）金。台（以）爲祠器。」「惕」借爲「賜」。

75.「攷」用爲「考」

鄭虢仲鼎（《集成》2599）：「用乍（作）皇且（祖）文考寶鼎。」「考」用本字。《說文》：「考，老也，从老省，丂聲。」徐王義楚觶（《集成》6513）：「用亯（享）于皇天及我文攷（考）。」「攷」爲「攷」之異構。《說文·攴部》：「攷，敏也。从攴，丂聲。」「攷」、「考」同从「丂」得声，故可代用。

76.「黿」用爲「郑」

郑大司馬戈（《集成》11206）：「郑大嗣（司）馬之䚈（造）戈。」「郑」爲地名專用字。郑大宰簠（《集成》4624）：「黿（郑）大宰樸子㖶鑄其簠。」「黿」用爲「郑」。「黿」《說文》訓「蜘蛛」。

77.「蠱」用爲「鄦」

蔡大師鼎（《集成》2738）：「蔡大市（師）腴縢（縢）鄦（許）弔（叔）

姬可母飤鏇。」「鄘」用本字。許公買簠（《集成》4617）：「盥（許）公買擇垕吉金。」借「盥」爲「鄘」。兩周金文「盥」字皆用爲「鄘」。

78.「唯」用爲「雖」

秦公簋（《集成》4315）：「余雖小子。」「雖」用本字。蔡侯紐鐘（《集成》210）：「余唯（雖）未小子。」「唯」用爲「雖」。

79.「政」用爲「征」

斁仲甗（《集成》933）：「斁中（仲）乍（作）甗。用征用行。」「征」用本字。伯亞臣鑪（《集成》9974）：「白（伯）亞臣自乍（作）鑪。用政（征）。」「政」用爲「征」。

80.「祜」用爲「匜」

《說文》所載的「匜」，春秋時期寫作「匜」、「匜」、「匜」、「匜」諸體，是表示器皿名稱的專用字，互爲異構關係，「匜」最常見。伯其父簠（《集成》4581）：「唯白（伯）其父慶乍（作）旅祜。」「祜」用爲「匜」。

81.「盤」用爲「卷」

丰孖卷（《集成》3241）：「丰孖（孖）卷。」「卷」用本字。哀成叔豆（《集成》4663）：「哀成弔（叔）之盤。」「盤」爲「盟」之異構字，借爲「卷」。董蓮池《〈金文編〉校補》：「林澐先生指出字假借爲『卷』，甚是。『盤』以『朕』爲聲，而『朕』以『关』爲聲，『卷』亦以『关』爲聲，故『盤』可假爲『卷』。」〔註8〕

82.「湯」用爲「鴋」

歔鎛乙（《新收》490）：「鑄其䰖鐘，音嬴少諈鴋，龢平均煌。」歔鎛丙（《新收》491）：「鑄其反鐘，其音嬴少則湯，龢平均煌。」

83.「趣」用爲「熙」

徐王子旃鐘（《集成》182）：「韹韹熙熙。」「熙」用本字。沇兒鐘（《集成》203）：「皇皇趣（熙）趣（熙）。」「趣」用爲「熙」。

84.「煌」用爲「諻」

王孫誥鐘九（《新收》426）：「自作龢鐘，……元鳴孔諻。」王孫遺者鐘（《集

〔註8〕董蓮池，《〈金文編〉校補》，長春，東北師範大學出版社，1995年，第251頁。

成》261）：「自乍（作）龢鐘，……元鳴孔煌。」

（四）形符相同的形聲字代用

85.「鎛」用爲「鏽」

邵鸞鐘（《集成》225）：「玄鏐鏽鋁。」「鏽」用本字。余贎逐兒鐘（《集成》184）：「吉金鎛（鏽）鋁。」「鎛」古音在鐸部，「鏽」在魚部，有通假的語音條件。

86.「鋪」用爲「鏽」

少虡劍（《集成》11696）：「玄鏐鋪（鏽）呂（鋁）。」「鋪」借爲「鏽」。古音「鋪」、「鏽」皆爲魚部，可代用。

義符相同的形聲字相代用春秋金文僅見以上2例。

（五）有相同構件的形近字相代

共有2組，如下：

87.「復」用爲「後」

黃子壺（《集成》9663）：「黃子乍（作）黃父（夫）人行器，則永祜福，霝冬霝復。」「復」作 ；黃子鬲（《集成》687）：「黃子乍作黃甫（夫）人行器，則永祜福，霝冬霝後。」「後」作 。「復」、「後」古音相去甚遠，不大可能是同音假借。我認爲更可能是形近字互代。

88.「𠂠」用爲「匕」

黝鎛乙（《新收》490）：「匕（比）者屬厘，至者長𩠺。」相同辭例，黝鎛甲（《新收》489）爲「 者屬厘，至者長𩠺。」《說文》：「匕，相與比敘也。」「匕」爲本字。《說文》：「𠂠，相次也。从匕，从十。」

二、通假字與本字沒有形體上的聯繫

通假字與本字形體上沒有聯繫，共有15組。

序號	本字	通假字	序號	本字	通假字	序號	本字	通假字	序號	本字	通假字
89	冬	宵	93	詵	煌	97	𠂠	左	101	竈	造
90	之	止	94	忌	䠱	98	夫	甫	102	士	之
91	咸	凡	95	虞	于	99	夫	父	103	盥	卝
92	君	均	96	句	割	100	期	記			

具體如下：

89.「冬」與「宋」通用

黃子壺（《集成》9663）：「黃子乍（作）黃父（夫）人行器，剬（則）永祜福，霝冬霝復。」黃子盤（《集成》10122）：「黃子乍（作）黃孟臣（姬）行器，剬（則）永祜祜，霝宋霝復。」

90.「止」用爲「之」

銘文常見辭例「永保用之」用「之」。彭伯壺（《新收》315）：「彭白（伯）自乍（作）醴壺，其子子孫孫永寶用止。」「之」「止」古音皆爲之部章母，有通假的條件。

91.「凡」用爲「咸」

瞰鎛甲（《新收》489）：「歌樂以喜，凡及君子父兄，永保鼓之。」「凡」用爲「咸」。「咸」侵韻匣母，「凡」侵韻並母，有通假的語音條件。

92.「均」用爲「君」

「君子」，春秋金文多用「君」，有的以「均」代之。如，蔡侯龖鎛丙（《集成》221）：「均（君）子大夫，建我邦國。」

93.「煌」用爲「訛」

瞰鎛己（《新收》494）：「其音贏少則湯，龢平均訛，霝卲若華。」有時用「煌」代之。如，瞰鎛乙（《新收》490）：「音贏少哉膓，龢平均煌，霝卲若華。」

94.「斯」用爲「忌」

邾公牼鐘（《集成》149）：「余畢龏威忌。」「忌」用本字。王子午鼎（《集成》2811）：「畏斯（忌）趩趩。」「斯」用爲「忌」。「其」古音爲之部群母，「己」爲之部見母，二字聲符音近。

95.「于」用爲「虞」

枊氏壺（《集成》9715）：「枊氏福及，歲賢鮮于（虞）。」「于」用爲「虞」，二者古音皆爲魚部。

96.「割」用爲「匄」

召叔山父簠（《集成》4601）：「用匄眉壽。」紀伯子宒父盨（《集成》4442）：

「割（匃）眉壽無彊（疆）。」「匃」、「割」古音同爲月部見母。

97.「左」用爲「叴」

「擇叴吉金」爲銘文習語，如臧孫鐘（《集成》100）：「擇叴吉金，自乍（作）龢鐘。」郳公牼鐘（《集成》149）：「龜公牼擇叴吉金，玄鏐膚呂（鋁），自乍（作）龢鐘。」遱邴鐘（《新收》1253）：「擇叴吉金，乍（作）鑄龢鐘。」郳叔之伯鐘（《集成》87）：「龜（郳）弔（叔）之白（伯）□□擇左吉金，用□其龢鐘。」「左」用爲「叴」。「左」古音歌部精母，「叴」古音月部見母。

98.「甫」用爲「夫」

99.「父」用爲「夫」

衛夫人鬲（《集成》595）：「衛夫人作其行鬲。」「夫」用本字。黃子壺（《集成》9663）：「黃子乍（作）黃父人行器。」黃子豆（《集成》4687）：「黃子乍（作）黃甫人行器。」「父」、「甫」用爲「夫」。

100.「記」用爲「期」

上郜府簠（《集成》4613）：「眉壽無記（期）。」「記」借爲「期」。

101.「造」用爲「竈」

簹太史申鼎（《集成》2732）：「隹（唯）正月初吉辛亥，鄭（郜）宷之孫簹大（太）史申，乍（作）其造（竈）鼎十。」

102.「之」借爲「士」

子璋鐘甲（《集成》113）：「用樂父兄者（諸）士。」子璋鐘庚（《集成》119）：「用樂父兄者（諸）之。」「士」爲「之」韻，有借用的條件。

103.「卝」用爲「鹽」

次尸祭缶（《新收》1249）：「羿（擇）其吉金，自乍（作）卝（鹽）缶。」「鹽」見母元韻，「卝」見母陽韻，聲同韻近，有通假的條件。

第三節　春秋金文通假用字分析

通過歸類統計，以上 103 組通假字共涉及本字 83 個，涉及通假字 99 個。在 83 個本字中，只借一個通假字的本字 69 個，占 83.13%。借用 2 個通假字的本字共 11 個，占 13.25%。如，「騰」借用「朕」，還借用「塍」。借用 3 個通假

字的本字共 2 字。如，「熙」借用「巳」、「邔」、「趄」三字；還有一個本字借 6 個通假字者。「期」借用「其」、「艮」、「諆」、「基」、「斯」、「記」。

就被借用的通假字來說，共有一字只被一字借用和一字被 2 字借用兩種情形。後者共 3 字，如「甫」被借為「夫」，也被借為「匾」；其餘皆為被一字借用。

從通假雙方的發生方向來看，春秋金文中的通假皆為單向的，未見雙向的通假用例。

從通假字與本字的形體關係方面，在 103 組通假字組中，形體上有聯繫的共 88 組，占 85.44%。其中，形聲字借聲符字一類共 48 組，占 46.60%，數量最多；聲符字借形聲字者共 18 組，占 17.48%；聲符相同的形聲字相借用（包括聲符處於不同層次的情形）一類，共 18 組，占 17.48%；形聲字借字與本字義符相同的共 2 組；形近字相代者 2 組。通假雙方形體上無聯繫的 15 組，占 14.56%。

就通假雙方的形體繁簡而言，以簡代繁者 73 組，占通假字組總數的 70.87%。

第四節　小　結

通過以上清理、分析，可以得出春秋金文通假用字現象有以下特點：

1. 數量不多。趙平安先生曾提出，春秋以前，真正的通假字是不多的[註9]。就春秋金文實際看，本有其字的通假的確不普遍。前輩學者所言「甲金文中盛行通假之法」，大部分是「六書」中「本無其字」的假借，「本有其字」的通假，算不上普遍。

2. 通假對象基本有定。春秋時期的同音字應該是很多的，但通假的對象基本有定。且所有通假都是單向的。

3. 在通假字的選擇上，「形體聯繫」較之「求簡易」顯得更重要。在 103 組通假字中，有形體聯繫的 88 組，占 85.44%；以簡代繁者共 73 組，占通假字組總數的 70.87%。

4. 與傳世文獻用字相比，春秋金文用字對詞的識別更依賴形體。據張玉惠

[註9]　趙平安，「秦漢簡帛通假字的文字學研究」，河北大學學報，1991 年，第 4 期，第 28 頁。

先生統計，新編《漢語大字典》第一卷所收的通假字與本字字形有聯繫的占 58.71%〔註10〕，遠遠低於春秋金文通假字的相應比例。另，「聲符字借形聲字」這種典型的追求了「形體聯繫」而違背了「求簡易」的通假用字，在春秋金文中占 17.48%，數量與「聲符相同的形聲字相借」一類數量相當。而在《漢語大字典》第一卷的通假字中，此類僅占 5.41%，數量最少〔註11〕。這也說明春秋金文爲了保存形體的聯繫可以犧牲「繁簡」的考慮，用字更注重以形體作爲詞的識別手段。

〔註10〕 張玉惠，「論通假字與本字在字形上的聯繫」，松遼學刊，1989 年，第 4 期，第 61 頁。

〔註11〕 張玉惠，「論通假字與本字在字形上的聯繫」，松遼學刊，1989 年，第 4 期，第 61 頁。